KB148614

나선으로 걷는다
오늘도 우리는

TURTLENECK PRESS

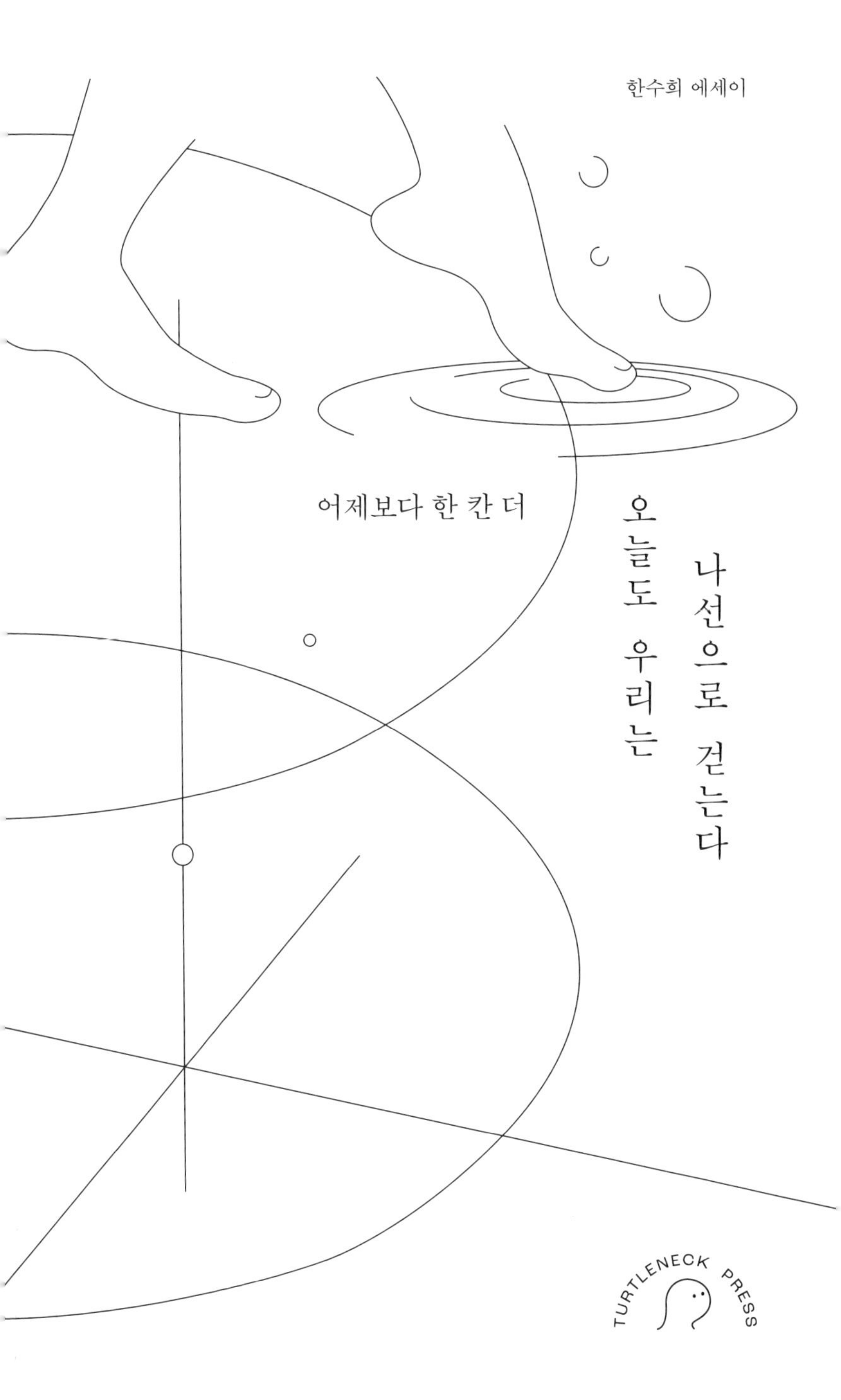
한수희 에세이
어제보다 한 칸 더
오늘도 우리는
나선으로 걷는다
TURTLENECK PRESS

한 번 더 개정판을 내며

이 책은 원래 2015년에 『우울할 때 반짝 리스트』라는 제목으로 출간되었습니다. 그리고 2017년에 『우리는 나선으로 걷는다』라는 책으로 재출간되었지요. 2023년인 올해에는 『오늘도 우리는 나선으로 걷는다』라는 제목으로 다시 나오게 되었습니다.(언제 직선으로 걸을 수 있으려나 싶네요.)

이렇게 한 권의 책이 세 번이나 다른 옷을 입고 나오게 된 데에는 나름의 이유가 있습니다만 시시콜콜 알릴 만한 일은 아니니, 아무튼 실례하게 되었다는 말씀을 드립니다. 어찌 됐든 저에게 있어 중요한 사실은, 오래전에 나온 이 책을 아직도 기억하고 찾아주시는 분들이 있어 이렇게 재개정판을 낼 수 있게 되었다는 것뿐입니다. 정말로 감사한 일이지요.

후기에도 썼지만 오래전에 쓴 글들을 고치는 과정은 절망과 쪽팔림의 연속입니다. 30대 초중반 즈음에 썼을 글들을 마흔이 훌쩍 넘어 다시 읽으니 수치심에 거의 혼절할 지경이었으나 끝까지 정신줄을 놓지 않으려 애썼습니다. 주된 내용은 거의 달라진 것이 없지만 서툴고 거친 표현들, 어수선한 문장들은 열심히 갈고 닦았습니다. 몇 편의 글이 이런저런 사정으로 인해 빠졌습니다. 대신 2023년의 제가 붙인 코멘트를 보너스로 넣었습니다. 보너스일지 사족일지는 모르겠지만 일단 양해 부탁드립니다.

결과적으로 이 책은 20대의 한수희가 겪은 일을 30대의 한수희가 쓰고, 또 그것을 40대의 한수희가 바라보는 식이 되어버렸습니다. 20대의 한수희는 꼴보기 싫지만 어쩐지 애처로워 머리를 한 대 쥐어박아주고 싶고, 30대의 한수희는 30대가 되었는데도 여전히 철딱서니 없는 것이 한심해 목이라도 조르고 싶습니다. 하지만 또 제가 50대가 되면 지금의 저를 몽둥이 찜질이라도 하고 싶겠지요. 인생이란 참으로 재미있는 것입니다. 지금은 뭐든 다 알 것 같고, 이게 최선일 것이라 믿는 선택들을 하지만, 몇 년만 지나 돌아봐도 왜 그랬을까… 하고 머리를 쥐어뜯게 되니까요.

얼마 전에 친구와 우리의 나이를 셈하다가, 오오 몇 년 후면 정말로 오십인 걸! 하고 놀라고 말았습니다. 그러고 나니 야아, 진짜 오래 살았다, 하는 소리가 절로 나왔습니다. 우리는 근 50년을 살아왔습니다. 인생의 절반, 아니 3분의 2 정도는 산 것입니다. 그렇게 생각하니 나이 든 것이 서글프다기보다는, 생각보다 괜찮은 인생이었어! 하고 안도하게 되더라고요.

그렇잖아요. 지금 이 나이까지 병 한 번 걸리지 않고, 사고 한 번 입지 않고 멀쩡히 살아 있습니다. 밥 한 번 굶지 않았고, 기적적으로 비바람과 추위를 피할 집도 있습니다. 정말로 생각보다 괜찮은 인생이었어요. 누구에게 감사해야 할지는 모르겠지만 아무튼 감사드립니다.

앞선 두 권의 책을 함께 만든 최재진 편집자에게 오랜만에 감사의 마음을 전합니다. 그리고 천애고아 같은 이 책을 선뜻 맡아주신 터틀넥프레스의 김보희 편집자에게도 감사드립니다. 무엇보다 무명의 저자가 쓴 이 책을 발견하고 사랑해주신, 마음이 태평양보다 더 너른 독자들에게 깊이 감사드립니다.

2023년 11월

한수희 드림

ROUND 3. 초조해하지 않으면 언젠가는

---

* 글의 끝에 덧붙인 코멘트는 2023년의 한수희 작가가 쓴 것입니다.

프롤로그

나는 걷는 것을 좋아한다. 그래서 웬만해서는 차를 가지고 다니지 않는다. 한 시간 정도는 가뿐하게 걸을 수 있다. 버스를 갈아타고 지하철을 갈아타는 것도 그다지 힘들지 않다. 나는 씩씩하게 걷는다. 걸을 때 나는 가장 나다워지는 것 같다. 걸을 때 나는 내가 가장 마음에 든다.

스무 살이 되어 서울에서 살기 시작하면서부터 나는 파트리크 쥐스킨트의 소설 『좀머 씨 이야기』에 나오는 좀머 씨처럼 혼자서 열심히 걸어 다녔다. 뭐에 홀리기라도 한 것처럼 걸었다. 주머니에 샌드위치 하나를 넣어 다니면서 우물우물 씹기도 했고, 노점에서 팥소가 든 도넛을 사서 우적우적 먹기도 했고, 식당에 들어가 국수 한 그릇을 후루룩 먹어치우기도 했다. 그러다 서점에 가서 책을 보고, 미술관에 가서 전시를 보고, 영화관에 가서 영화도 보고, 옷가게에 가서 옷도 보고, 궁궐에 들어가보기도 했다. 그리고 또 걸었다. 다리가 퉁퉁 붓고 발바닥이 화끈거리도록 걸었다. 그렇게 청계천 공구 거리를 걷고, 광화문을 지나 북촌에 도착하고, 신촌에서 홍대까지도 가고, 한강 다리도 건넜다.

20대의 중반부터는 회사에서 집까지, 왕복 한 시간이 넘는 길을 걸어 다녔다. 주말이면 집에서 도서관까지, 집에서 공원까지, 역시 왕복 한 시간이 넘는 길을 걸었다. 걸어갈 수 없을 정도로 먼 회사에 다니게 되었을 때는 걸을 수 있을 만큼 걷다가 지하철이나 버스를 탔다. 멀쩡한 정신으로 걸을 때도 있었고 술에 취해 걸을 때도 있었다. 걸을 때마다 나는 즐거웠다. 서울이라는 도시의 구석구석 내 발자국을 찍는 기분이었다. 나만의 지도를 만들고 있는 것 같기도 했다. 아무도 그 사실을 모를 테고 어떤 역사에도 등재되지 않겠지만, 나는 은밀하게 이 도시를 정복하고 있었다.

그때 내가 걸었던 길을 지도 위에 붉은 펜으로 표시한다면 그건 어떤 모양을 하고 있을까.

이제 마흔 살이 되어버린 나는 이른 새벽이면 잠든 가족들을 남겨두고 조용히 집을 나선다. 집에서 작업실까지, 간밤에 내려 아직 아무도 밟지 않은 눈처럼 고요하고 깨끗한 아침 속을 매일 걷는 일을 좋아한다. 분홍빛부터 푸른빛까지 층층이 번진 아침 하늘을 볼 때마다 같은 생각을 한다. 살아 있다는 건 정말 멋진 일이다.

늘 좋은 일만 생기지는 않았다. 사는 건 너무 어려웠다. 내 뜻대로 되는 것이 없어서 나는 그렇게 걸었나보다. 최소한 걷는 것만큼은 내 의지대로 할 수 있었으니까. 두 다리가 멀쩡한 한, 달까지라도 걸을 수 있었으니까. 그때만큼은 내가 저지른 실수들과 다른 이들에게서 들었던 모진 말들과 눈앞에 펼쳐진 캄캄한 미래와 누구에게도 사랑받지 못할지도 모른다는 두려움에서 벗어날 수 있었으니까.

모리 준이치의 영화 〈리틀 포레스트〉에서, 아무 말도 없이 딸 이치코를 버리고 시골집을 떠난 엄마는 오랜 후에 편지 한 통을 보낸다. 편지에는 그런 고백이 적혀 있다. 자신의 인생은 늘 같은 지점에서 실패하는 것 같았다고. 언제나 원을 그리며 그 자리에 머물러 있었다고. 그런데 지금 와 돌아보니 그건 원이 아니라 나선이었는지도 모르겠다고.

세상이 하는 말처럼 인생은 일직선으로 뻗은 고속도로가 아니다. 그럴 리가 없다. 우리는 어디로 가는지도 모르는 채로 걷는다. 이 길이 어디로 이어질지, 어떤 모양인지도 모르면서 걷는다. 때로는 이치코의 엄마처럼 아무리 열심히 걸어도 원을 그리고 있는 것처럼 느껴질 때도 있다.

그런데 아주 오랜 시간이 지나 내가 걸어온 길을 돌아볼 수 있게 되었을 때, 그제야 깨닫게 되는 것이다. 우리는 조금씩 처음에 그린 원에서 비켜나고 있었다는 것을. 원이 아니라 나선을 그리며 걷고 있었다는 것을.

원에는 출구가 없지만, 나선에는 출구가 있다. 직선으로 걷는 것보다는 확실히 느릴 것이다. 하지만 직선으로 걷지 않았기에 더 많은 것을 볼 수 있었다. 더 많은 사람을 만나고, 더 많은 일을 경험하고, 더 많은 감정을 느낄 수 있었다. 그래서 어떤 것도 후회하지 않고 대부분의 것들에 만족한다. 분명히 잘못되었던 일들에 대해서는 체념한다. 남들에게 권하고 싶은 인생도 아니고 딱히 자랑스

러울 것도 없지만, 나는 그렇게밖에 걸을 수 없어서 그렇게 걸었기 때문이다.

시인 메리 올리버의 책 『완벽한 날들』의 서문에는 그런 글이 있다.

> 세상은 아침마다 우리에게 거창한 질문을 던진다. "너는 여기 이렇게 살아 있다. 하고 싶은 말이 있는가?" 이 책은 내가 하고 싶은 말이다.

누구에게나 하고 싶은 말은 있다. 이 책은 내가 하고 싶은 말이다.

* 이 글은 2017년 출간된 『우리는 나선으로 걷는다』의 프롤로그입니다.

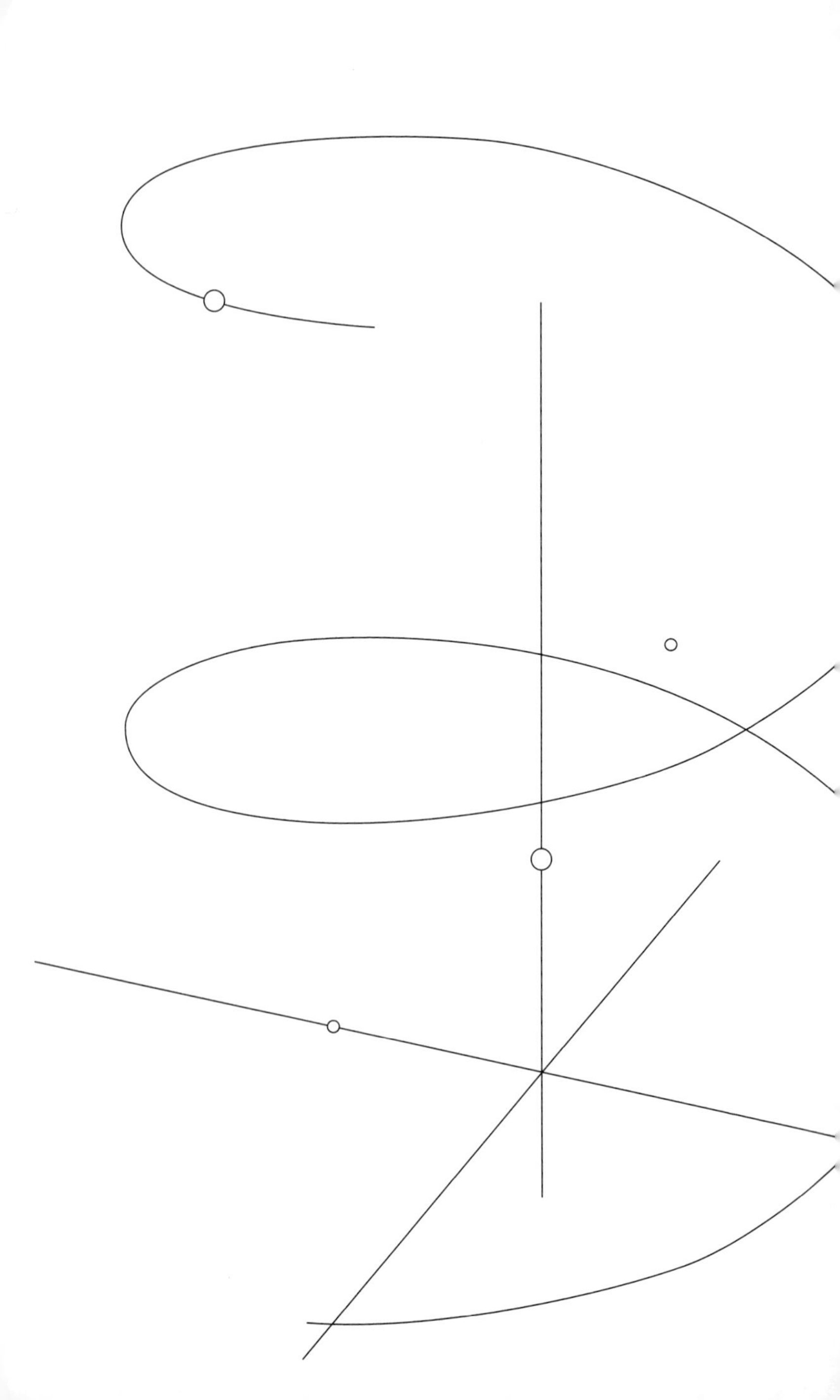

ROUND 1. 엉망이었지만, 진심이었던

ROUND 1.

여행자의 질문

나는 언제나 비슷한 생각을 했다. 보통은 비행기를 몇 시간이나 타고 돈을 마구 뿌리며 낯선 나라의 낯선 도시에 도착해 변두리 호텔이나 여관방의 비좁은 침대 위에 누워서 하는 생각이었다. 그곳은 인도 남부의 우띠Ooty였는지 함피Hampi였는지 기억도 가물가물한 도시의 창고 같은 방이었고, 도쿄 우에노에 있는 폐소공포증을 유발하는 비즈니스호텔이었으며, 태국 방콕의 창문도 없는 포로수용소 스타일 게스트하우스 방 안이었다. 나는 혼자였고 외로웠고 지쳐 있었다. 그래서 스스로에게 이렇게 물을 수밖에 없었다. 내가 대체 여기서 뭘 하고 있는 걸까? 왜 비싼 돈을 들여 이런 고생을 사서 하고 있는 걸까?

나는 돌아다니고 싶어서 몸이 근질거렸다. 유럽 전역을 떠돌아다니면서 영국에는 도저히 들어오지 않을 영화의 포스터도 구경하고 움라우트(독일어의 특수 기호)와 세디유(대개 c 밑에 붙는 s 모양의 기호)가 잔뜩 붙은 각종 상품과 상점 안내문, 그리고 주차금지 표지판 비슷하게 생긴 문자(ø)를 신기한 듯 들여다보고 싶었다. 아무리 너그럽게 생각해도 그 나라를 제외한 다른 곳에서는 전혀 히트할 가능성이 없는 대중가요도 듣고, 나와는 평생 연이 닿지 않을 사람들을 만나보고 싶었다. 전화박스 사용법부터 저 식품의 정체가 무엇인지까지 도무지 친숙한 것이라곤 하나도 없는 이국적인 곳에 가고 싶었다.

_『빌 브라이슨 발칙한 유럽 산책』

호기심 많고 유머 감각 넘치고 또 그만큼이나 불평불만도 많은 작가 빌 브라이슨은 오로지 오로라를 보겠다는 일념으로 서른 시간 동안 논스톱 버스를 타고 노르웨이 북단의 깡촌 마을에 도착한다. 그곳에서 그는 오로라를 기다리는 것 외에는 아무 할 일도 없는 보름을 보낸다.

여행의 필수품은 모험심과 열린 마음이라고 했건만, 그의 여행은 알아듣지도 못하는 외국 TV를 보며 내용을 멋대로 추측하고, 상점 쇼윈도 속의 낯선 물건들이 대체 어디에 쓰이는 걸까 상상하며 시간을 때우는 것이 전부다. 그 와중에 빌 브라이슨은 계획대로 되지 않는 여행 일정과 의사소통의 어려움, 비싼 물가, 맛없는 음식, 불친절한 사람들, 재미없는 도시를 불평하고, 그냥 외국에 있다는 사실 자체를 불평한다. 그리고 무엇보다 이렇게 불평 많은 자신을 끌고 다녀야 하는 현실을 불평한다. 아니, 그런데 대체 왜 여행을 하시는 건가요, 브라이슨 씨?

내 질문에 브라이슨 씨는 이렇게 답한다. 그저 궁금해서.

나도 20대에는 이곳저곳으로 여행을 다녔다. 생각해보면 빌 브라이슨과 마찬가지로, 여행을 통해 진정한 나를 찾거나 자유로워지겠다거나 하는 허황된 꿈 따위는 품지 않았다. (물론 잘생긴 남자 하나 정도는 가급적 찾았으면 했다.) 그걸 제외한다면 내 여행의 목적은 역시 궁금해서였다. 그곳이 어떤 곳인지 궁금했고 어떤 사람들이 무얼 하며 살고 있을지 궁금했다.

이제 마음 내킬 때마다 여행을 떠날 수 없는 나이와 처지가 된 나는 여행을 하기보다는 여행기를 더 많이 읽는다. 대리 만족을 위해서다. 여름엔 시원하고 겨울엔 따뜻한 내 집 소파에 누워, 남들이 땡볕과 벌레와 수풀과 땀과 눈과 추위와 배고픔과 외로움과 지루함에 맞서 싸우는 걸 보며 즐거워하고 싶은 거다.

아주 맛있는 초콜릿 크림 파이나 기대하지 않은 거액의 수표를 받는 일을 제외하고, 상쾌한 봄날 저녁 서서히 저물어 가는 저녁 해의 긴 그림자를 따라 외국 도시의 낯선 거리를 한가하게 산책하는 일만큼 즐거운 일이 있을까? 그러다가 가끔 멈춰서 가게 진열장을 들여다보거나, 교회, 예쁜 광장이나 한가한 부두 주변을 어슬렁거리기도 하면서 앞으로 오랫동안 흐뭇하게 기억할 유쾌하고 내 집 같은 음식점이 과연 길 이쪽에 있을지 저쪽에 있을지 망설이는 일은 또 어떤가? 나는 이런 일이 정말로 즐겁다. 매일 저녁 새로운 도시에 가보면서 평생을 살아도 좋겠다.

_『빌 브라이슨 발칙한 유럽 산책』

나는 원래 낯을 많이 가리는 데다 지금보다 어릴 때는 남들과 어울리기를 좋아하는 성격도 아니었다. 그럼에도 몇 개월 동안 홀로 여행을 하다보면 나도 모르게 무리

지어 다니는 다른 여행자들을 굶주린 걸인의 시선으로 쳐다보게 된다. 언젠가는 근 한 달간 누구와도 말을 섞지 않고 혼자 여행을 하다가, 태국 남부 도시 끄라비Krabi의 거리에서 한국 여자 둘을 발견하고는 반가운 마음에 달려가 인사를 한 적이 있다. 나처럼 낯을 가리는 사람이 말이다! 그런데 여자들은 내 호의를, 한국에서 사업을 말아먹고 동남아로 도주한 사기꾼이 얼뜨기 한국 여행자를 하나 물어 돈이라도 뜯어내려는 것으로 오해했는지, 싸늘한 시선으로 흘겨보고는 황급히 자리를 피하는 게 아닌가. 상처받은 나는 홀로 맥주를 마시고 취한 채로 밤늦게까지 거리를 쏘다니며 세상과 인간들을 저주하고 그 여자들을 특별 저주했다.

여행을 할수록 여행이 싫어졌다. 어서 빨리 집으로 돌아가고 싶었다. 내 방의 내 침대가 그리웠다. 매일 세 끼를 해결할 식당을 고르는 일도, 낯선 도시로 떠나는 일도, 더러운 숙소와 덜 더러운 숙소 사이에서 갈팡질팡하는 일도, 외국어로 떠드는 일도 지긋지긋했다. 입맛에 맞는 음식을 먹고 싶고, 내용을 이해할 수 있는 TV를 보고 싶었다. 친구들이 보고 싶고 가족이 그리웠다.

장기 여행자가 가장 서글퍼질 때는 저녁 무렵 공원 벤

치에 앉아 집으로 돌아가는 사람들을 지켜볼 때다. 그때 거울로 내 얼굴을 비춰 보면 유형지를 떠도는 죄수나 갈 데 없는 노숙자처럼 지치고 비참해 보였다. 아무리 해도 익숙해지지 않는 고약한 냄새의 덮밥을 맛있게 떠먹는 세련된 커리어우먼이나, 책가방을 메고 친구와 이야기를 나누며 걸어가는 여학생, 멍하니 창밖을 내다보고 있는 버스 안의 노동자들을 나는 질투했다. 저들이 집에 돌아가 TV를 켜고 가족과 함께 친숙한 배우들과 익숙한 언어가 나오는 드라마라도 볼 거라고 생각하면 배알이 꼴릴 정도였다. 그럼에도 나는 여행에서 돌아오자마자 다음 여행을 계획했다. 대체 나는 왜 그렇게 떠나고 싶어했던 걸까?

영화 〈리스본행 야간열차〉의 주인공은 스위스 베른에서 고전문학을 강의하는 나이 든 선생 그레고리우스다. 그의 삶은 쓰레기통 속의 말라비틀어진 티백을 재활용해 우린 홍차처럼 궁상맞고 추레하다. 아내는 오래전에 그를 떠났고, 그가 이룬 건 고작해야 이름 없는 학교 선생이라는 자리뿐이며, 살면서 단 한 번도 모험이라고는 해 본 적이 없다.

그런데 어느 비 오는 날 아침, 그레고리우스는 다리

위에서 뛰어내리려던 한 여인을 구해준다. 그는 여인이 남기고 간 포르투갈어 책 한 권과 기차표를 손에 들고서 충동적으로 리스본행 야간열차에 오르게 된다.

"우리가 우리 안에 있는 것들 중의 일부만을 경험할 수 있다면, 나머지는 어떻게 되는 걸까?"

여인의 책 속에서 발견한 이 한 문장은 그레고리우스가 삭막한 일상을 떠나 낭만과 비극이 뒤섞인 낯선 시대로 모험을 떠나는 동기가 된다. 동시에 이 문장은 영화를 보는 나의 가슴뼈를 예리한 칼끝처럼 긁고 지나갔다. 어쩌면 어딘가에는 내가 미처 살지 못한 남은 인생이 숨어 있는 건 아닐까? 내가 마땅히 누렸어야 했으나 누리지 못했던 것들이 그곳에는 있지 않을까?

여인이 남기고 간 책의 저자인 의사 아마데우 프라두의 삶과 사랑을 추적하기 시작한 그레고리우스의 몸과 마음은 전에 없이 활기로 가득하다. 그와 동시에 그는 책 속 인물들의 드라마틱한 인생이 자신의 것과는 너무나 대비된다는 사실도 깨닫게 된다. '그들의 삶은 활력과 긴장감으로 가득 차 있는데, 내 삶은 어디로 갔을까?' 그는 씁쓸하게 자문한다.

타인의 삶 속으로 여행을 떠난 그가 발견한 것은 결국 자신의 삶이었던 셈이다. 질문도, 의문도 품을 틈 없이 그저 살아내야 했던, 이것 외에 다른 선택지는 없다고 믿어왔던 삶. 두꺼운 뿔테 안경을 끼고 매일 같은 시간에 일어나 매일 같은 곳으로 출근할 때는 미처 깨닫지 못했던 단조롭고 쓸쓸한 삶 말이다.

혼자만의 여행은 생각처럼 낭만적이지는 않다. 순간순간 어떤 보호막도 없이 개똥을 밟거나 비둘기 똥을 맞는 것 같은 불운과 사건사고와 외로움에 홀로 대처해야 한다. 그때마다 나는 자신에게 이런 질문을 던지게 될 것이다. 내가 대체 여기서 뭘 하고 있는 거지? 편안한 집과 가족과 친구들과 익숙한 동네를 떠나 왜 그 많은 돈을 들여 여기까지 와서 이러고 있는 거지?

하지만 혼자 여행을 떠나는 건 바로 그 질문을 던지기 위해서다. 왜냐하면 자신이 지금 뭘 하고 있는지 안다는 건 정말 중요한 일이기 때문이다. 그 질문을 익숙한 것들로 촘촘한 일상에서, 여럿이서 함께 떠난 북적거리는 여행에서 떠올리기란 쉽지 않다.

그렇지만 사람은 또 언젠가는 그런 질문에서 자유로운 채로 하루하루의 삶을 살아가야 한다. 인생의 의미라는 것은 우리가 아무리 노력해도 완벽하게 알아낼 수 없는 것이다. 알 수 없는 것을 계속 알고자 노력하는 것보다 더 중요한 일이 세상에는 아주 많다. 지금 이 순간에 충실하며 좋아하는 사람들을 만나 한 번이라도 더 웃음을 터뜨리는 것, 그것이 훨씬 중요하다. 인생의 심오한 진리를 파헤치느라 인상을 쓰고 있는 것보다는 말이다.

외롭고 지친 채로 싸구려 숙소의 어두침침한 방에 누워 몸부림치던 20대의 나는 어쩌면 여행의 진실에 다가가고 있었는지도 모른다. 빌 브라이슨의 표현대로라면 '집의 안락함을 기꺼이 버리고 낯선 땅으로 날아와 집을 떠나지 않았다면 애초에 잃지 않았을 안락함을 되찾기 위해 엄청난 시간과 돈을 쓰면서 덧없는 노력을 하는 게 여행'임을 깨달은 것이다.

가족이 보고 싶었고, 내 집의 친숙함이 그리웠다. 매일 먹고 자는 일을 걱정하는 것도 지겨웠고, 기차와 버스도, 낯선 사람들의 세계에 존재하는 것도, 끊임없이 당황하고 길을 잃는 것도, 그리고 무엇보다도 나 자신이라는 사람과의 재미

없는 동행이 지겨웠다. 요즘 버스나 기차에 갇혀서 속으로 혼잣말을 중얼대는 내 모습을 보고 벌떡 일어나 자신을 내팽개치고 도망가고픈 충동을 얼마나 많이 느꼈던가? 동시에, 나는 계속 여행을 하고 싶다는 비이성적인 충동을 강하게 느끼기도 했다. 여행에는 계속 나아가고 싶게 만드는, 멈추고 싶지 않게 하는 타성이 있다. 해협 바로 저편에 아시아가 있다. 지금 내 눈앞에 보이는 저기가 아시아 대륙이라고 생각하자 경이로웠다. 몇 분이면 아시아 땅을 밟을 수 있다. 돈도 아직 남았다. 그리고 내가 가보지 못한 대륙이 내 눈앞에 펼쳐져 있었다.

그러나 나는 가지 않았다. 대신에 콜라를 한 잔 더 주문하고, 오가는 페리들을 바라보았다. 다른 상황이었다면 아시아에 갔을지도 모른다. 어쨌든 아무래도 상관없다. 여행이란 어차피 집으로 향하는 길이니까.

_『빌 브라이슨 발칙한 유럽 산책』

여행을 끝내려고 할 때는 언제나 서글픈 쾌감이 든다. 나는 더 오래 여행할 수도 있다. 앞으로 몇 년 동안 고향을 등지고 이곳저곳을 떠돌며 살 수도 있다. 인도의 시골 마을에 한국 식당을 열 수도 있고, 근사한 남자를 만나 사랑에 빠져 그와 히피 가족을 만들 수도 있을 것이다. 내 멋대로, 내가 원하는 대로 살 수 있을지도 모른다. 그러나 나는 매혹적인 자유를 뒤로 하고 집으로 돌아가 무거운 일상에 굴복할 것을 선택한다. 그런 내가 자랑스럽지만 어쩐지 안타까운 마음도 든다.

인도의 침대 기차에서 손으로 음식을 집어먹고 라오스의 강에서 튜브 래프팅을 했다는 사실이 거짓말처럼 느껴질 정도로 일상으로 안전하게 복귀했을 때, 나는 당연했던 일상을 더이상 당연하게 받아들이지 않게 된다. 잠만 자고 쏙 빠져나오던 내 침대를 호텔의 호사스러운 침구가 깔린 침대와 비교하며 커버를 벗겨 깨끗하게 빨아 햇볕에 말린다. 거리에서 사 먹었던 돼지갈비와 감자를 넣은 태국 스타일의 맑은 수프도 끓여본다. 그 어디와 비교해도 월등하게 아름다운 내 나라의 산자락을 차로 달리면서 다음에는 이 땅을 여행할 계획도 세운다.

마음이 조급해질 때는 오지 않는 기차를 다섯 시간 동안이나 기다리던 인도 사람들의 느긋함을 떠올린다. 바쁘고 힘들 때면 깨끗하고 고요한 거리들을 천천히 산책하던 시간과, 맛있는 커피를 앞에 두고 즐기던 시원한 오후와,

수영장에서의 망중한, 산호를 줍던 해변을 기억한다. 이 세상에는 길이 하나밖에 없고, 정답은 정해져 있다는 압박감을 느낄 때면 여행지에서 만난 수많은 인생을 생각한다. 나는 이런 것들을 위해서 여행을 떠나는 것이다.

얼마 전에 든 생각인데, 내 20대의 여행은 '하기'에 초점이 맞춰져 있었다. 수용소 같은 방에서 '자고' 천 원짜리 국수만 '먹고' 몇 시간 동안 트럭 짐칸에 실려 '가고' 밤새 완행버스를 '타도' 내가 여기에 있다는 사실에, 뭔가를 하게 될 거라는 사실에, 그리고 뭔가를 하고 있다는 사실에 만족했다. 그리고 언제나 살이 쫙 빠져서 돌아왔다.

지금은 다 필요 없고, 그저 앉고 싶고 눕고 싶다. 내 30대 이후의 여행은 '먹기'에 초점이 맞춰져 있다. 그리고 언제나 살이 쪄서 돌아온다. 슬프다.

빌 브라이슨 지음, 권상미 옮김, 『빌 브라이슨 발칙한 유럽 산책』(21세기북스)
빌 어거스트 감독, 〈리스본행 야간열차〉

사랑의 쓸모

스무 살 무렵 나의 첫 연애는 무릎이 시린 기억으로 남아 있다. 엄동설한에 그에게 잘 보이겠다고 어울리지도 않는 짧은 스커트에 얇은 스타킹, 거기에 7센티 높이의 앵클부츠까지 신었는데(그러면 내 키는 182센티…), 그해 눈이 어찌나 많이 내렸던지 나는 신촌역에서 합정역까지의 빙판길을 발가락이 몽땅 부러진 사람처럼 걸어야 했다. 지금도 그 연애를 생각하면 무릎이 시큰해지고 발가락이 없어진 것 같은 기분이 든다.

그럼에도 그때는 그게 별로 괴롭지 않았다. 잘만 구슬리면 맨발로 작두라도 탔을지도 모를 때였다. 하지만 그것도 잠깐, 내가 얼마나 행복한지 광화문 사거리 전광판에 광고라도 하고 싶은 몇 개월이 지나고 나면, 슬슬 연애는 나의 이상과 기대를 배반하기 시작한다. 그는 분위기 있는 이탈리안 레스토랑 대신에 눈에 보이는 분식집에 들어가 아무거나 먹자고 한다. 잘못된 선물을 들고 오고, 옷 입는 취향이 자꾸 눈에 거슬린다. 계산대 앞에서 주저하는 그가 짜증 나고, 급기야 친구들과 술 마시러 간다더니 다음 날 아침까지 연락이 안 된다. 그리고 별것 아닌 일들을 핑계 삼아 우리는 다툰다.

눈물을 흘리며 화해를 한 후에는 새벽 3시 20분에라도 택시를 타고 우리 집 앞으로 찾아오기를 기대하지만, 그는 "잘 자"라는 말 한마디만 남기고 아침까지 숙면을 취한다. 이제 우리는 본격적으로 싸우기 시작한다. 소리를 지르며 눈물을 한 바가지씩 흘리고, 며칠 혹은 몇 주간 연락을 끊으며, 공사다망한 친구에게 내 비참한 연애사를 시시콜콜 토로해 우정에 미세한 흠집과 균열을 낸다. 결국 울며불며 그와 화해했다가 다시 또 싸우고 헤어지네 마네 난리를 치다가 혼자가 되는 과정, 나에게는 이 모든 게 '연애'라는 것이었다.

영화 〈연애의 온도〉는 헤어진 연인들의 이야기다. 이 영화는 사내 커플인 두 남녀가 헤어진 뒤에 어떤 일이 벌어지는지를 매우 사실적으로 보여주는데, 쉽게 때려치울 수 없을 정도로 탄탄한 직장에서는 웬만하면 사내 커플이 되면 안 되겠다는 교훈을 얻게 된다.

더불어 이 영화의 더 큰 교훈은 이런 거다. 사귈 때는 또라이 같던 애인도 헤어진 후에는 그렇게 아쉽고 소중하게 느껴질 수가 없는 법이고, 시간을 되돌릴 수 있다면 이번엔 정말 잘해볼 수 있을 것 같은 기분이 들겠지만, 그건 다 착각이라는 사실. 어제 '내가 다시 여길 올라오면 인간이 아니다'라며 이를 갈았던 북한산이, 오늘 뜨끈한 방 안에서 생각해보면 왠지 한 번 더 가도 좋을 것 같아 보이는 거나 마찬가지다. 다시 올라가보라. 타임머신이라도 타고 가서 어제 그런 생각을 한 내 머리를 쥐어박고 싶어질 테니까.

"그쪽으로 갈게."

"내가 갈게."

"그러다 엇갈려. 아까 우리가 헤어졌던 데, 거기서 보자."

헤어졌던 데서 다시 만나면 무슨 일이 일어날까? 똑같은 일이 일어날 뿐이다. 뭣 때문에 싸웠는지 기억도 안

날 일로 다시 싸우게 될 것이다. 처음 하는 것 같던 섹스는 급속도로 백 번째 하는 섹스처럼 느껴질 것이고, 서로의 마음은 남북 정상의 속내만큼이나 어긋날 것이다.

사실 나도 헤어진 남자와 다시 만난 적이 있다. "헤어지자. 더이상은 못하겠어" 하고 둘이서 전화통을 붙잡고 운 바로 그 다음 날이었다. 이유는 하나였다. "도저히 못 헤어지겠어." 이제껏 전화번호 저장 목록 0번에 있던 사람이 갑자기 사라진다고? 매일같이 시시콜콜 내 일상을 보고하던 사람에게 이제는 그럴 수 없다고? 어제까지 손을 잡고 팔짱을 끼고 키스를 하던 사람에게 더이상 그래서는 안 된다고? 머리로는 이해했지만, 마음으로는 도저히 받아들일 수 없었다. 우리는 얼싸안고 울었다. 다시는 헤어지지 말자. 이제는 정말 잘해보자.

하지만 한 달 만에 우리는 다시 헤어졌다. 둘 중 누구도 달라지지 않았기 때문이다. 어쩌면 멍청했던 건지도 모른다. 우리는 헤어질 이유가 너무 많은 커플이었지만 단지 관성에 이끌려 또다시 서로를 택했다. 하지만 관성을 거스르지 않는다면 인간은 어느 방향으로도 나아갈 수 없다. 우린 그걸 너무 늦게 깨달았다.

"사랑에 빠지면 무언가가 가슴에서 빠져나가는 것 같을까, 채워지는 것 같을까?"

〈가장 따뜻한 색, 블루〉는 영화 초반 문학 선생님이 던진 질문을 모티브로 삼아, 한 프랑스 소녀의 특별하고도 평범한 사랑을 근거리에서 쫓는다. 여고생 아델의 일상은 아침이면 일어나 버스를 타고 학교에 가서 친구들과 시시덕거리고, 마음에 드는 남자애와 데이트를 하고, 저녁에 집에 돌아와서는 가족들과 함께 푸짐한 스파게티로 배를 채우는, 평범하고 밋밋한 것이다. 그런데 어느 날 거리에서 만난 신비로운 분위기의 파란 머리 엠마와 사랑에 빠지면서 아델의 세상은 엠마의 머리색처럼 독특하고 따뜻한 푸른색으로 물들기 시작한다.

사랑에 빠지면 누구나 특별한 사람이 된다. 그전까지의 우리는 영화 배역으로 치면 수많은 사람이 등장하는 군중 신의 일개 엑스트라였다. 카메라의 초점은 언제나 우리가 서 있는 곳 너머를 향하고, 관심은 늘 주인공의 몫이다. 우리의 역할은 기껏해야 주인공의 뒤에서 들러리를 서거나 어디서 날아왔는지도 모를 총에 맞아 얌전히 죽어주는 것 정도일지도 모른다. 하지만 이제부터는 아니다.

그 많은 사람 중에서 용케도 나를 찾아낸 이가 있기 때문이다. 나 역시 용케도 그를 찾아냈다. 이제 우리는 주인공이고, 인생은 전에 없이 완벽해진 것만 같다.

하지만 아델과 엠마의 연애처럼 대부분의 연애는 시간이 지날수록 필연적으로 그 색이 조금씩 바랜다. 게다가 서로를 사랑하는 마음의 무게를 추로 잴 수 있다면, 그 추는 언젠가는 어느 한쪽으로 기울게 마련이다. 그래서 연애는 고통스럽고 아프다.

지금 돌이켜보면 연애를 하는 동안 내가 실성한 게 아닌가 싶었던 순간이 한두 번이 아니다. 인터넷에서 남자친구의 행적을 뒤지다가 그에게 온라인 추파를 던진 것으로 의심되는 여자들의 사생활까지 파헤치면서 밤을 꼴딱 새웠던 일(그 집념을 딴 데 썼으면 뭐가 돼도 됐을 거다). 동물원 데이트를 하려고 4호선 대공원역에서 만나기로 했다가 갑자기 그에게 싫증이 나서 전화도 받지 않고 몇 시간이나 기다리게 했던 일. 한밤중에 다짜고짜 그의 집 앞으로 찾아가 울던 일(때마침 그날 나는 노란 머리에 파란 선글라스를 끼고 빨간 티셔츠를 입은 신호등 패션이었다. 지금 생각하니 식은땀이 다 난다). 마음 떠난 남자의 바짓가랑이를 붙잡고 매달리던 일. 나

말고도 세 명의 여자와 바람을 피우던 남자에게 들러붙은 미련을 떨치지 못해 자신을 쓰레기 취급하며 살던 일.

『연애본능』을 쓴 인류학자 헬렌 피셔는 사랑에 빠진 사람의 치열한 에너지와 집중된 관심, 맹렬한 추진력, 목적 지향의 행동, 자신의 애인을 독특하고 신비한 존재로 보는 경향, 역경 앞에서 더욱 강해지는 열정, 도취와 불면, 식욕 상실은 부분적으로는 도파민과 노르에피네프린이라는 호르몬 수치가 높아졌기 때문이라고 설명한다. 아무리 지우려 해도 지워지지 않는 얼굴, 접으려 해도 접히지 않는 마음, 떨치려 해도 떨쳐지지 않는 미련도 다 호르몬 수치 상승의 영향이란 얘기다. 그러니까 내가 이상한 사람이 된 것도 그러길 원했기 때문이 아니라, 다 사랑 때문이다.

그렇다면 문학 선생님이 던진 질문에 대한 답, 사랑에 빠지면 무언가가 가슴에서 빠져나가는 것 같을까? 아니면 채워지는 것 같을까? 나는 둘 다라고 생각한다. 사랑에 빠진 이는 반드시 패자가 된다. 사랑 앞에 자존심이 설 자리는 없기 때문이다. 결국 사랑 때문에 우리 안에서는 무언가가 빠져나갈 것이고, 빠져나간 자리에는 보기 싫은 흉터가 생길 것이다. 그 흉터는 세월이 지날수록 옅어질

테지만 완전히 사라지지는 않는다. 몇 번의 사랑을 거치면서 우리 몸에는 여러 개의 상처와 흉터들이 생길 것이다. 결국 우리는 그 자국들로 이루어진 존재들이다.

〈연애의 온도〉에서 두 번째 이별을 예감한 커플은 놀이공원에 가기로 약속한다. 여자는 새벽부터 일어나 김밥을 만든다. 하지만 마침 그날 비가 내리고, 남자는 여자에게 지하철 출구 바깥쪽에서 기다리지 않았다며 화를 낸다. 두 사람은 내내 억지웃음을 지으며 분위기를 띄워보려 애쓰다가 다시 싸우고 만다. 결국 담담하게 서로를 공치사하며 헤어지기로 합의한 뒤, 남자는 여자에게 롤러코스터나 한번 타보자고 한다. 여자가 무섭다고 하자 남자는 이렇게 말한다.

"그래도 왔으니까 타보자. 안 무서운 것만 타면 재미없잖아."

때로 이런 생각을 한다. 그 사람을 만나지 않았더라면 얼마나 좋았을까? 그 사랑에 빠지지 않았더라면 또 얼마나 좋았을까? 그러나 무섭고 위험한 롤러코스터에 올라

탔을 때 비로소 알게 된다. 세상 모든 것들이 목적지를 향해 달려간다 해도 사랑에는 목적지가 없다는 사실을. 인간은 이렇게 애써 바보 같은 짓을 할 수도 있는 존재라는 사실을. 바로 그것이 연애의 목적이라는 것을.

두 남녀가 롤러코스터를 탈 때, 그리고 그들의 파란만장했던 지난 연애의 기억들이 스쳐 지나갈 때, 코끝이 시큰해졌다. 그것은 그들만의 기억이 아니라, 우리 모두의 기억이었다. 지루하고 평범하고 특별할 것도 없는, 그야말로 보통의 연애에 대한 기억들. 엉망진창이었지만, 모두가 진심이었던 것들. 우리 인생에서 일어날 수 있는 가장 영화 같은 시간들. 두 번 다시 돌이킬 수 없고, 다시는 손에 잡을 수 없는 일들. 바로 그 이유로 더 따뜻하고 아름다운 기억들.

지난 연애에 있어서 내가 후회하는 것은 언제나 단 한 가지다. 진심을 감추었던 것.

노덕 감독, 〈연애의 온도〉
압델라티프 케시시 감독, 〈가장 따뜻한 색, 블루〉

친밀함의 거리

볼 때마다 기분 좋아지는 장면이 있다. 영화 〈브리짓 존스의 일기〉에서 브리짓이 잠옷처럼 편안한 친구들과 함께 비좁고 어수선한 집에 모여 앉아 크리스마스 축배를 드는 장면. "있는 그대로의 널 사랑해, 브리짓!" 아, 얼마나 감동적인가! 같은 제작사 워킹타이틀의 다른 영화 〈노팅힐〉은 또 어떤가. 할리우드 여배우와 사랑에 빠진 소심한 책방 주인을 돕기 위해 그의 친구들은 앞뒤 잴 것 없이 거리를 질주한다.

그러나 현실의 우정은 영화와는 딴판이다. 있는 그대로의 날 사랑해줄 친구는 과연 어디에 있는 걸까? 내 친구들은 언제나 계산대 앞에서 망설이고, 긴급 메시지를 종종 씹으며, 다른 친구에게 내 험담을 하고, 너무 많이 들어서 더이상 듣고 싶지 않은 "살 좀 빼" "언제까지 그렇게 살래?" 같은 말로 가슴에 비수를 꽂는다. 우리는 서로에게 실망하고 넌더리를 내다 못해 증오심마저 품는다. 이러다 "내가 어려워서 그러는데 돈 좀 있으면…" 같은 소리나 하지 않으면 다행이다. 진짜 우정은, 진짜 친구는 어디에 있는 걸까? 어쩌면 진짜 우정은 내 손이 닿을 수 없는 찬장 위 높은 곳에 놓여 있는 게 아닐까?

> 사람들은 자기만 빼고 남들이 미친 듯이 서로 사랑한다고 생각하겠지만, 사실은 그렇지 않다. 대개 사람들은 서로를 그다지 좋아하지 않는다. 그건 친구 관계에서도 마찬가지다. 가끔 난 침대에 누워 내가 정말 좋아하는 친구가 누구인지 고르고, 그때마다 언제나 똑같은 결론에 다다른다. 아무도 없다는 것. 나는 지금의 친구들이 그저 철모르던 시절의 친구들이고 진짜는 나중에 나타날 거라고 생각했다. 하지만 아니었다. 이들이 내 진짜 친구들이었다.
>
> _『너만큼 여기 어울리는 사람은 없어』

미란다 줄라이의 소설집 『너만큼 여기 어울리는 사람은 없어』에는 사랑과 우정을 갈구하는 외로운 사람들이 대거 등장한다. 그들은 모두 외롭고, 그래서 친구라는 존재를 절실히 원하지만 생각처럼 잘되지는 않는다. 왜냐하면 이 사람들은 자신의 외로움과 타인의 관심에 지나치게 몰두한 나머지 이상한 상상이나 행동을 하기 때문이다. 이를테면 수영장도 호수도 없는 동네에 사는 여자가 거실 바닥에 접시 물을 받아놓고 스케이트보드 위에 엎드린 채로 노인들에게 수영을 가르친다거나, 영국 왕실의 윌리엄 왕자와 야한 행각을 벌이는 꿈을 꾼 아줌마가 왕자를 실제로 만나겠다는 희망에 부풀어 살을 빼기 위해 열심히 걷는다거나 하는 식으로 말이다. 이게 다 외로워서 하는 짓들인 것이다.

우정이란 담쟁이덩굴처럼 자랄 여유 공간이 있는 곳에 자라는 것이다. 그녀에겐 내 우정을 받아들일 마음의 여유가 있는 듯했다. 그녀는 결코 침묵의 순간으로 빠져듦으로써 상대를 내치거나 하지 않았다. 대놓고 질문한 적도 없지만 내 물음에 움찔하면서 피하지도 않았다. 이것이 내가 사람들에게서 중요하게 보는 면이다. 어떤 사람들은 우정의 단계로 돌입하려면 그 앞에 레드카펫이라도 깔아줘야 한다. 그들은 주위에서 가로수 잎사귀들처럼 우정을 맺고 싶다고 청하는 수많은 작은 손길들은 보지 못한다.

_『너만큼 여기 어울리는 사람은 없어』

나이를 먹을수록 새로운 사람을 만나 돈독한 우정을 쌓기는 점점 더 힘들어진다. 물론 학교나 직장에서처럼 내가 원하든 원하지 않든 다양한 사람과 매일 얼굴을 맞대야만 하는 상황이 줄었기 때문일 수도 있다. 하지만 진짜 이유는 따로 있다. 우리에게도 그간 기나긴 우정의 역사가 쌓였기 때문이다. 이제는 어떤 사람이 우리를 힘들게 하는지 알기 때문이다. 이제는 어떤 우정이 우리를 질식하게 만드는지도 알기 때문이다. 그리고 때로 안다는 것은 나를 가두는 높은 담장이 된다.

무라카미 하루키의 소설 『색채가 없는 다자키 쓰쿠루와 그가 순례를 떠난 해』의 주인공 다자키 쓰쿠루는 절친했던 고향 친구들로부터 절교 선언을 듣는다. 어떤 이유도 설명도 없이 친구들은 그를 버린다. 고향을 떠난 그는 낯선 도시에서 그만 외톨이가 되고 만다.

다자키 쓰쿠루는 그때의 자신이 느낀 소외감과 고독이, 몇 백 킬로미터 길이의 팽팽한 케이블을 통해 판독하기 힘든 메시지가 밤낮을 가리지 않고 전해오는 것이었다고 표현한다. 나무 사이를 불어가는 질풍처럼 강도를 바꾸어가며 단속적으로 그의 귀를 찌르는 것. 그 시절 그는 죽음만을 생각하며 산다. 용케 죽지 않고 그 시절을 헤쳐 나왔으나, 그의 마음속에는 메워지지 않는 거대한 구멍 같은 것이 생겨버렸다. 나는 그것이 어떤 마음인지 아는 것 같다. 아니, 나는 그런 마음을 정확히 안다.

대학에 입학하기 위해 태어나고 자란 남해안의 작은 도시를 떠나 서울의 기숙사에 도착했던 날이 아직도 생생하다. 기숙사에서는 이상한 냄새가 났다. 방문에는 내 이름과 아직 도착하지 않은 룸메이트의 이름이 아래위로 나란히 붙어 있었다. 나는 룸메이트의 이름을 입속에서 웅얼거리면서 이런 이름을 가진 아이와 잘 지낼 수 있을 것 같지 않다고 생각했다.

사방은 고요했다. 가끔씩 문밖에서 복도를 지나는 낯선 발소리가 들렸다. 그 소리는 마치 다른 우주에서 들려오는 것 같았고, 가족도 친구도 모두 다른 우주에 있는 것만 같았다. 왠지 속이 울렁거렸다. 나는 이불을 덮고 누워서 눈물을 찔끔거리다가 잠이 들었다. 곧 내 룸메이트가 도착했다. 새로운 생활이 시작되었다.

그날 이후 나는 무라카미 하루키가 쓴 절절한 소외감과 고독이라면 질릴 정도로 맛보았다. 그건 나 혼자만 느낀 것이 아니었을 것이다. 그 시절의 우리는 모두 누군가를 간절히 원했기에 아이러니하게도 서로에게 상처를 줄 수밖에 없었다. 너는 내가 기다리는 그 사람이 아니야. 그것만으로도 상처를 주고받을 이유는 충분했다.

> 나는 그녀 옆에 무릎을 꿇고 앉아 등을 어루만져주었다. 하지만 다시 내 태도가 냉정한 것 같아 어깨를 토닥거려주었는데, 달리 말하면 내가 그녀와 함께 있는 시간의 삼분의 일 동안만 그녀를 만졌다는 얘기다. 나머지 삼분의 이 동안 내 손은 그녀에게로 향하든지 그녀에게서 멀어졌다. 어깨를 토닥거릴수록 그 강도는 점점 더 세졌다. 두드리는 간격에도 너무 신경이 쓰여 도무지 자연스러운 리듬을 찾을 수 없었다. 콩가라도 두드리고 있다는 것 같다는 생각이 들자마자 나는 얼른 차차차 리듬으로 바꾸었다.
>
> _『너만큼 여기 어울리는 사람은 없어』

타인과의 관계를 유지하는 일은 이 책에서 비유한 것

과 같다. 우리는 어떤 리듬으로 상대의 어깨를 두드려야 하는지 잘 모른다. 지금보다 더 어릴 때의 나는 사람들과의 거리를 조절하는 법에 완전히 무지했다. 때로는 너무 가까이 있었고, 때로는 너무 멀리 있었다. 때로는 너무 빨리, 때로는 너무 느리게 상대의 등을 두드리곤 했다. 그래서 상대를 숨 막히게 하거나 낙심하게 만들었다.

그때 내가 거리와 속도를 조절할 수 없었던 이유는, 그들이 내게 별 의미가 없어서가 아니었다. 오히려 그들이 나의 전부였기 때문이다. 그래서 그들이 나를 좋아하는지, 아니면 싫어하는지 궁금했다. 그들이 나를 미워할까 걱정이 되었고, 그들이 떠나버려 나 혼자 남게 될까 두려웠다. 그래서 더 자주 그들에게 실망했고 화를 냈다.

이제 나는 안다. 사람과 사람 사이에는 숨 쉴 수 있는 공간이 필요하다는 것을. 자신을 드러내고 싶지 않을 때는 잠시 숨을 수 있는 공간도 있어야 한다는 것을. 그런 것을 인정하지 않을 때 우정은 족쇄가 된다.

시간이 지나 나에게도 소중한 사람들이 생겼다. 언제나 나를 사랑하고 지지해주는 가족을 만든 것이다. 더 이상 친구들이 내 전부가 아니게 된 후부터는 오히려 그들과의 관계가 편해졌다. 그들에게 내 모든 것을 걸지 않기에 그들이 내게 모든 것을 걸지 않는 것을 이해하게 되었다.

현실 속의 우정은 워킹타이틀의 영화들 같지 않다. 한 때는 이 친구들이 아닌 더 멋지고 근사하고 완벽한 친구들을 갖기를 간절히 바랐지만, 세월이 지나고 보니 그들이야말로 내가 가질 수 있는 최선의 친구들이었다. 또, 새로운 우정을 쌓기 위해서는 내 마음을 둘러싼 담의 높이를 조금은 낮추어야 한다는 것도 알게 되었다. 쉽지 않은 일이다. 하지만 상대에게 폐를 끼치거나 상대로부터 폐를 입지 않고서는 우정을 쌓을 수 있는 방법은 없다.

옛 친구들을 찾는 순례의 여정 끝에 다자키 쓰쿠루는 이해한다. 사람과 사람의 마음은 조화가 아닌 상처와 상처로 깊이 연결되어 있다는 것을. 관계를 잇는 것은 다름 아닌 아픔과 나약함이라는 것을. 이제는 나도 그 말을 이해할 것 같다. 깊이 있는 관계의 뿌리에는 분명 갈등의 역사가 묻혀 있다. 무라카미 하루키는 그것을 이렇게 설명한다. 비통한 절규를 내포하지 않은 고요와 피 흘리지 않는 용서, 가슴 아픈 상실을 통과하지 않는 수용은 없다고. 진정한 조화의 아래에는 그러한 것들이 있다고. 아마 이 작가가 이런 진실을 절절히 깨달을 수 있었던 것도, 그가 살아오면서 겪은 사건들과 상실들과 상처들 덕분이겠지.

내게는 긴 시간을 함께해온 친구가 있다. 사실 그 친구는 오랫동안 나를 힘들게 했다. 그래서 한때는 그를 멀리하려고 했다. 그를 만나고 돌아온 날엔 내가 열 배쯤 더 싫어졌기 때문이다. 두고두고 그 애를 미워하고 욕한 이유 역시, 그 애가 나의 약점을 굳이 들춰냈기 때문이었다. 하지만 우리는 이내 서로에게 이끌렸다. 나중에야 알았다. 우리 둘은 서로의 나쁜 면을 비추는 거울이라는 걸. 그래서 만날 때마다 서로를 할퀼 수밖에 없었다는 걸. 그런 시간을 10년쯤 보내고 나자 이런 생각이 들었다. 그 애가 없었더라면, 나는 그나마 사람 구실도 못 하고 살았겠구나. 내가 운 좋게 어른이 되었다면 그것의 5할 정도는 그 친구의 도움이었겠구나.

내가 싫어하는 사람들, 나를 짜증 나게 하는 사람들, 나를 거절하는 사람들 때문에 우리는 바닥으로 추락한다. 그러나 그 바닥에서 겨우 기어나오면 우리는 아주 조금은 나은 사람이 되어 있다. 왜냐하면 이제 바닥이 어떤 곳인지 알기 때문이다. 그래서 조금이라도 남의 감정을 헤아리고, 거리를 두는 법을 배우게 된다. 상대를 질식시키지 않으면서 마음을 따뜻하게 덥혀줄 수 있는, 적절한 거리 말이다.

이제 우정에 대한 내 생각은 과거와는 완전히 달라졌다. 예전에는 '내 친구는 어떤 사람이어야 할까'를 주로 생각했다면, 지금은 '나는 어떤 친구가 되어야 할까'를 더 많이 생각한다. 아, 그리고 그 이상한 이름을 가진 룸메이트와는 25년째 친구로 지내고 있다.

미란다 줄라이 지음, 이주연 옮김, 『너만큼 여기 어울리는 사람은 없어』(문학동네)
무라카미 하루키 지음, 양억관 옮김, 『색채가 없는 다자키 쓰쿠루와 그가 순례를 떠난 해』(민음사)

내 인생의 동료들

스물다섯 살에 첫 회사에 취직했다. 내 책상, 내 의자, 내 전화기, 그리고 내 명함이 생겼다. 얼마나 기뻤던지 나는 그 후 1년여를 회사에 몸 바쳐 충성하면서 보냈다. 회사 가는 게 신이 나서 견딜 수가 없었다. 하루 중 대부분의 시간을 회사에서 보내는 걸로도 모자라 야근, 주말 근무도 자처했다. 회의가 즐거웠고 회식이 파티 같았다.

그런데 1년쯤 지나자 슬슬 회사가 나를 말도 안 되게 싼 월급에 소나 말처럼 부려먹고 있다는 생각이 들기 시작했다. 더불어 동료들의 결점도 눈에 띄었다. 직원 A는 사람 좋은 얼굴을 하고 있지만 사실은 밴댕이 소갈딱지였고, 직원 B는 또라이였다. 직원 C는 얌체였고, D는 답답해 죽을 지경이었다. 과장은 무능했고 차장은 자뻑이었으며 이사는 성추행으로 당장 고소하고 싶었다. 점점 회사라는 곳이 지옥 같아졌다.

나는 그들을 좋아하고 또 미워했다. 좋아한 이유는 그들이 나와 가장 가까이 있는 사람들이었기 때문이다. 내가 정말로 좋아하는 사람들이 바깥에 아무리 많다고 한들, 함께 보내는 시간의 양으로 따지자면 매일 얼굴을 보고 이야기를 나누는 동료들에 비할 바가 아니었다. 동시에 그들을 미워했던 이유도 같았다. 그들과 너무 오래 함께 있어야 했기 때문이다. 그 정도면 아무리 사랑하는 사람이라도 미워하기에 충분했다.

결국 나는 1년 만에 회사를 옮겼다. 새로운 회사에서는 첫 회사에서만큼 동료들에게 애정을 느끼지 않았다. 동시에 미움도 별로 느끼지 않았다. 이런저런 기분 좋은 일도, 트러블도 있었지만 그들이 내게 별 의미가 없었기에 큰 문제가 되지 않았다. 마음속으로 '미친놈' '또라이'라고 한 번 생각한 후 집에 돌아가서 잊어버리면 그만이었다.

그러던 어느 날 회식 자리에서였다. 평소 눈치가 없고 행동이 굼떠 눈엣가시처럼 여기던 남자 후배가 앞자리에 앉아 있어, 친절한 선배인 척하느라 이렇게 물었다.

"○○씨, 요즘 뭐 힘든 거 없어?"

가볍게 던진 질문이었는데 후배는 솔직하게 답해도 되느냐고 묻더니 이렇게 말했다.

"사실 선배 때문에 좀 힘들어요."

후배의 얘기인즉, 내가 자신을 못마땅하게 생각하는 것 같다는 거였다. 속마음을 들켜서 당황한 나는 아니라고 대충 둘러댔지만 그날 알았다. 나도 누군가에게는 짜증스러운 동료, 또라이 상사였겠구나.

함께 일하는 사람들과의 사이에 싹튼 감정을 뭐라고 불러야 할까? 동료애? 전우애? 그럴 리가. 우리가 정말로 같은 목표를 위해 사심 없이 달리고 있을까? 아니, 우리의 목표는 사심이다. 월급이나 승진 같은 것. 때로는 그냥 버티는 일 같은 것.

같은 공간에서 같은 공기를 호흡하고 서로의 체온이 느껴질 정도로 붙어 앉아 밥을 먹고 커피를 마시고 상사와 회사를 욕하면서 가족보다 더 오랜 시간을 함께 보내는 사람들이, 집으로 돌아가 겉옷을 옷걸이에 건 후에는 무엇을 할지 상상조차 할 수 없다. 그들은 내 인생의 꽤 많은 시간을 함께하는 동료지만, 그렇다고 나와 인생을 함께하는 건 아니다.

어떻게 해야 함께 일하는 사람들과 깔끔하고 쿨한 관계를 유지할 수 있을까? 어떻게 해야 그들에게서 상처받지 않을 수 있을까? 아니, 최소한 그들을 미워하지라도 않을 수 있을까? 내 인생에서 그들을 어떤 존재로 설정해야 할까?

영화 〈내일을 위한 시간〉의 주인공 산드라는 어느 날 전화 한 통을 받는다. 공장 동료에게서 걸려온 전화인데, 다른 동료들이 그녀의 해고에 동의하는 대신 각각 1,000유로씩의 보너스를 챙기기로 했다는 것이다. 전화를 끊은 산드라는 울지 않기 위해 자신을 다독이지만 끝내 버티지 못하고 몸을 웅크린 채 누워버린다.

산드라는 태양열판을 생산하는 공장에서 일한다. 요리사 남편과의 사이에 두 아이를 두었고, 전에는 임대 아파트에 살다가 집을 구해 이사한 지 얼마 되지 않았다. 그런데 우울증에 걸려 잠시 휴직했던 그녀가 복직하려는 차에, 사장은 한 사람쯤 빠져도 일하는 데 무리가 없다며 산드라를 해고하기로 한 것이다. 이제 산드라는 공장 동료들을 일일이 찾아가 자신의 복직을 위해 투표해달라고 부탁해야 하는 처지다.

동료들을 찾아다니는 산드라의 여정은 험난하다. 그녀가 굳이 그들의 집까지 찾아가 알게 된 사실은, 1,000유로 때문에 남의 밥그릇을 차버리는 사람들에게도 저마다의 사정이 있다는 것이다. 월급만으로는 생활하기 힘든 그들은 부업으로 타일을 잘라 팔고, 슈퍼마켓에서 주말 아르바이트를 하고, 어린이 축구교실 코치로 일한다. 그런 동료들에게 나를 위해 투표해달라고 부탁하는 것은 누구에게나 힘들겠지만 우울증에서 채 회복되지 않은 산드라에게는 더 힘든 일이다.

그럼에도 어떤 동료들은 그녀를 위해 기꺼이 투표해주겠다고 약속한다. 가족의 반대를 무릅쓰고 보너스를 포기하고는 그녀의 손을 잡고 미안했다며 눈물을 흘리기도 한다. 그런 동료들 덕분에 산드라의 마음에는 자신감이 차오르지만, 매몰차게 냉대하는 다른 동료들 앞에서는 다시 무너져버리고 만다. 자신감이라는 것은 그렇게 간사한 것이다.

말 걸기와 경청을 통해 비로소 남은 '너'가 된다. 그의 고통에 찬 얼굴을 보고 고통이 밴 목소리를 들을 때 우리는 그를 외면할 수 없다. 나와 남 사이에는 '거리'만 있지만, 나와 너 사이에는 '관계'가 있다. 관계를 맺었기 때문에 나는 너의 고통을 외면할 수 없고 다시 안녕을 서로 묻지 않을 수 없게 된다.

_『단속사회』

영화를 보다보니 사회학자 엄기호의 『단속사회』라는 책이 떠올랐다. "쉴 새 없이 접속하고 끊임없이 차단한다"는 부제를 단 이 책은 '편'은 있지만 '곁'은 없는 우리 사회의 아이러니를 드러낸다.

남을 믿지 않고 남으로부터 자신을 보호하기 위해 철저히 자기를 단속(團束)하는 것을 곳곳에서 볼 수 있었다. 그런데 의외였던 것은 그렇게 자기를 단속하는 사람들이 어딘가에는 늘 접속해 있다는 점이다. SNS니 '취향의 공동체'니 하는 곳에는 모두들 중독자처럼 접속해 있었다. 어딘가에 늘 접속해 있으면서 어떤 경우에는 벼락같이 연결을 차단했다. 그들의 모습을 보며 지금 우리가 처한 문제는 관계의 전면적 단절이 아니라 언제, 어느 곳에 접속하고 언제 누구와는 단절하는가가 아닐까 하는 물음이 떠올랐다.

_『단속사회』

한동안 집에 틀어박혀 즐겁게 지내다가 1년 만에 밖으로 나와 일을 시작한 지인이 내게 말했다. "집에 있을 때 나는 내가 좀 나은 사람이 된 줄 알았어. 그런데 밖으로 나와서 사람들과 부대끼니 예전 그대로인 거야."

나와 말이 안 통하는 사람, 내 말에 토를 다는 사람, 나를 기분 나쁘게 하는 사람을 만나는 건 정말 짜증 나는 일이다. 심지어 그런 사람들과 매일 얼굴을 맞대고 일까지 해야 하다니, 그건 얼마나 큰 고통인가. 하지만 그들이 없다면 내가 어떤 사람인지 알 수 있을까? 인간의 개성은 타인과 내가 부딪치는 경계에서 마찰흔처럼 드러난다. 자기만의 방에 갇힌 채 내 좁은 시야 안에 들어오는 것들만을 세상의 전부로 여기지 않기 위하여, 나만 피해자라는, 내 인생만 망했다는 착각에서 헤어나기 위하여, 자기 자신을 있는 그대로 받아들이기 위하여 우리는 오늘도 문을 열고 타인과 지지고 볶는 삶을 향해 한 발을 내딛는 것이다.

사람은 자신이 질서라고 믿는 한계 바깥에 더 큰 질서가 있

> 다는 것을 알고 그 '낯선/모르는 것'과의 만남을 통해 성장할 수 있다. (중략) 다른 말로 하면 이런 배움의 과정은 끊임없이 새로운 타자를 만나고, 그 타자를 통해 자신의 세계를 넓혀가는 과정이다. 여기서의 원칙은 단 하나다. 내가 질서라고 알던 질서의 바깥에 무질서가 아닌 더 크고 아름다운 질서가 있다고 여기고 그 새로운 질서에 흥미를 가지는 것이다.
>
> _『단속사회』

사람은 만남을 통해 성장한다. 영화가 시작될 때 산드라의 표정과 끝날 때의 표정이 완전히 달라지는 이유도 그동안 그녀가 동료들을 만났기 때문이다. 그저 이름이나 표의 수로만 존재했던 사람들이 아니라, 가족과 함께 생활을 꾸려나가는 그들의 민낯과 산드라는 마주했다. 그들 중 절반은 상처를 주었지만, 또 절반은 그녀를 이해하고 위로하고 지지했다. 그래서 산드라는 자신을 위해 표를 구걸하러 다니는 사람에서, 남을 위해 표를 던지는 사람이 될 수 있었다. 수치심과 비참함을 무릅쓰고 동료들의 집 현관문을 두드리지 않았더라면 일어나지 않았을 일이다.

우리는 대개 동료를 선택할 수가 없다. 그들은 우리 인생의 이 시기, 저 시기에 무작위로 배치되는 사람들이다. 때로는 그들을 좋아하고 동경할 것이며, 때로는 시기하고 넌더리를 낼 것이다. 가끔은 그들에게서 동료애라는 걸 느끼기도 할 것이다. 반대로 그들이 죽이고 싶을 정도로 미워질 때도 있을 것이다. 하지만 대부분의 시간에는 그들에게 무심할 것이다.

드라마 〈미생〉에는 내가 무척 좋아하는 장면이 있다. 스펙 좋은 신입사원 장백기는 평소 깔보고 시기했던 고교 중퇴 학력의 장그래와 하루 종일 거리에서 팬티와 양말을 판다. 그 사이에 장백기는 장그래가 어떤 삶을 살아왔는지 알게 된다. 그날 밤, 아무도 없는 사무실로 돌아온 그들은 퇴근하기 전 어둠 속에서 한참 동안 서로를 마주본다. 그런 그들은 초원에서 우연히 마주친 기린과 하마 같기도, 코끼리와 가젤 같기도 했다.

그들은 서로 다른 삶을 살아왔다. 당연히 상대를 이해할 수 없다. 상대가 포식자나 먹이가 아닌 이상 무심하게 서로를 스쳐 지나갈 것이다. 하지만 아주 가끔은 서로를 이해하는 순간이 찾아올 것이다. 이 험한 세상에서 초식동물로 살아가는 일, 즉 '을'로 살아가는 일의 괴로움에 대한 이해 말이다. 내게는 그것이야말로 진정한 동료애로 느껴진다.

글을 쓸 때 대개 나는 결론을 모른 채 쓴다. 결론을 정해놓고 쓰는 글은 재미가 없어서이기도 하지만, 역시 쓰기 전에는 아무것도 알지 못하기 때문이다. 나는 쓰면서 생각하고, 생각하면서 쓰는 타입이다. 이 글의 결론도 어떻게 될지 처음에는 전혀 알지 못했고, 마지막에 저런 결론을 쓰고 나서는 그렇구나, 동료라는 것은 그런 존재로구나, 하는 것을 깨달았다.

그나저나 오랫동안 동료 없이 일하고 있는 지금은 회식이 그립다. 먹어본 적 없는 곱창구이에 좋아하지 않는 소맥도 신나게 먹고 마셔줄 수 있고, 20여 년째 발길을 끊은 노래방도 이제는 가드릴 수 있는데… 어디 자영업자들의 회식 모임 없나요?

장 피에르 다르덴 · 뤽 다르덴 감독, 〈내일을 위한 시간〉
엄기호 지음, 『단속사회』(창비)

우리는 나선으로 걷는다

어릴 때 살던 2동짜리 3층 아파트는 산 아래 외따로 떨어져 있었다. 아파트로 가는 골목 어귀에는 그 당시에도 흔치 않게 소를 몰아 밭을 가는 할아버지가 있었다. 아파트 옆 내 친구 용기네 집에는 아예 소 축사도 있었다. 아파트 주변은 개울길을 따라 온통 논과 밭이었다. 호박꽃이 만발한 길을 따라 학교에 가고 깻잎 향을 맡으며 집에 돌아오던 나에게는 시골의 풍경이라는 것이 무척 익숙했다.

20대가 되어 서울의 주택가 골목, 볕도 안 드는 방들을 전전하며 살던 나는 일찍부터 시골에 가서 살 작정을 했다. 아예 산으로 들어가 오두막 같은 걸 짓고 살고 싶기도 했다. 그 당시 읽었던 책들에서 지나치게 감화를 받았던 모양이다. 오롯이 나 자신으로 존재하기 위해서는 시골로 가야 한다고. 농사를 짓고 자급자족을 해야 한다고. 그래야만 제대로 살 수 있다고 생각했다. 도시에서는 그런 것이 불가능하다고도 생각했다.

30대가 된 나는 아예 구체적인 계획까지 세워 남들에게 떠벌리고 다니기 시작했다. 마흔 즈음에 텃밭이 딸린 작은 시골 농가주택을 사겠다. 몇 년 동안 서울과 시골을 오가며 집을 직접 고치겠다. 그리고 마흔셋 즈음에는 아예 시골로 가겠다. 텃밭 농사를 짓고 B&B(bed and breakfast, 아침 식사가 나오는 간이 숙박)를 느슨하게(이게 중요하다) 운영하겠다. 먹을 것은 텃밭에서 난 것으로 충당하고 여름이면 매일 바다에 가서 서핑을 하겠다. 낚시를 해서 물고기도 좀 잡겠다. 그렇게 유유자적 살겠다. 아이들을 가르치는 일 같은 걸 조금 할 수도 있을 것이다. 농산물을 2차 가공해서 현금을 조금 손에 쥘 수도 있을지 모른다.

거창한 계획과는 달리 정작 나 자신은 농사를 지어본 경험도, 심지어 농사를 짓는 친척조차 없다는 게 문제였다. 나는 농사에 대해 아무것도 몰랐다. 그때의 내 머릿속이 농촌 생활과 농사에 대한 동경과 환상으로 가득 차 있었던 이유도, 고생해본 경험이 없어서였을 것이다.

한 젊은 여자의 시골 생활을 계절별로 섬세하게 그려낸 영화 〈리틀 포레스트〉는 예상했던 것과는 달리 싸구려 힐링 영화가 아니었다. 내 기준의 싸구려 힐링이란 이상주의와 감상주의로 도배된 가짜 이야기를 뜻한다. 뭘 해서 먹고사는지 모르겠지만 유유자적 행복한 사람들, 그들이 시종일관 짓고 있는 만족스러운 미소, 그리고 다 함께 이 행복에 감사하는 해피 엔딩. 성미가 못돼먹은 나는 이런 이야기를 보고 있으면 분노가 솟구쳐 오른다. 저 바보들은 대체 뭐야!

하지만 〈리틀 포레스트〉를 볼 때는 달랐다. 여름과 가을을 거쳐 겨울과 봄에 이를수록 내 가슴은 깊이 있는 어떤 것을 보고 있는 느낌에 벅차올랐다. 영화 속의 시골 생활은 혹독할 정도로 현실적이고, 그래서 더 아름다웠다.

주인공 이치코는 20대 초반의 젊은 아가씨다. 이치코는 일본 도호쿠 지방의 코모리라는 작은 산골 마을에 산다. 가장 가까운 슈퍼도 자전거로 30분을 내려가야 하고, 그나마 돌아올 때는 오르막길이라 얼마나 걸릴지 모른다. 마을 사람들은 이웃마을에 있는 큰 마트로 가는데, 차가 없는 이치코가 거기까지 가려면 하루가 다 걸린다. 그만큼 외딴곳이다.

이치코는 손바닥만 한 텃밭이나 잠깐 일구고 예쁜 옷차림을 한 채 하루 종일 해먹에 누워 여유를 즐기거나, 이웃집 멋진 남자와 연애를 하는 꿈결 같은 일상을 살지 않는다. 이치코는 봄, 여름, 가을, 겨울이라는 계절의 변화에 맞춰 허름한 옷을 입고, 쉴 새 없이, 허리도 펴지 못한 채, 땀을 흘리고 추위와 싸우며 하루하루를 살아간다. 사는 집은 또 어떤가. 얼핏 낭만적으로 보이는 언덕 위 작은 이층집은 낡기도 엄청 낡았다. 여름은 습기로 곰팡이가 슬고, 겨울에는 두툼한 옷을 잔뜩 껴입고 무쇠 스토브로 난방을 해야 한다. 여름밤에 불을 켜고 있으면 온갖 벌레들이 다 날아든다. 가끔 밤중에 이상한 소리가 들려서 나가보면 올빼미가 지붕에 앉아 있다든지 곰이 울타리를 부수고 들어오기도 한다. 그런 집에서 이치코는 혼자 산다. 논농사를 짓고 밭을 일구고 산나물을 따고 장작을 패고 요리를 해서 혼자 먹는다. 이따금 찾아오는 친구들도 있지만 혼자라는 사실은 달라지지 않는다.

오래전 이 집은 이치코가 엄마와 둘이 살던 집이었다. 어쩐지 비밀스러운 구석이 있던 엄마는 어느 날 이치코가 학교에서 돌아와보니 사라져버렸다. 아무 말도 없이. 아무 소식도 없이. 엄마가 떠난 후 5년간 이치코의 머릿속은 물음표로 가득하다. 허리를 굽혀 모를 심고, 잡초를 뽑고, 추수를 하고, 나락을 털고, 토마토와 감자와 고구마를 키우고, 곶감을 말리고, 무를 얼리고, 저장 식품을 만들고, 가끔 돈을 벌 수 있는 부업을 하다보면 그녀의 사계절은 눈 깜짝할 사이에 지나가 있다. 그런 시간들은 어쩌면 엄마의 가출을 이해해보려는 몸부림이었는지도 모른다. 친구 유타는 이치코에게 묻는다.

> "중요한 뭔가를 회피하고 그 사실을 자신에게조차 감추기 위해 열심히 하는 걸로 넘기는 거 아닌가 싶어. 그냥 도망치는 거 아냐?"

이치코 자신도 안다. 무언가로부터 도망치기 위해서 이렇게 살고 있다는 것을. 코모리의 어른들처럼 마음속 깊이 이 생활을 받아들이지 못한다는 것을. 토마토를 재배하기 위해서는 비닐하우스를 지어야 하는데, 그러지 않고 고집을 부리는 이유는 비닐하우스까지 지으면 여길 떠나지 못할까봐 두려워서라는 것을.

아침이 지나면 점심이 오고 시간이 흘러 저녁이 온다.

그리고 밤이 지나면 다시 아침이 온다. 봄이 지나면 여름이, 가을이, 겨울이, 그리고 다시 봄이 온다. 그렇게 사계절을 보내며 이치코는 엄마가 이곳을 떠난 이유를 어렴풋이 이해할 수 있을 것만 같다.

이치코는 엄마로부터 온 편지 속의 모호한 말들을 곱씹고 곱씹는다. 편지 속에서 엄마는 자신의 인생이 언제나 같은 지점에서 실패한 것 같았다고 적었다. 늘 원을 그리고 있는 것 같았다고도 했다. 하지만 사실은 그건 원이 아니라 나선이었는지도 모른다고 엄마는 썼다. 얼마 후, 이치코 역시 엄마처럼 코모리를 떠난다. 이곳을 버리기 위해서가 아니라 이곳에 필요한 존재가 되기 위해 떠나는 것이다.

몇 년 후 결혼을 해서 다시 돌아온 이치코는 마을 축제에 참여한다. 코모리에서 나고 자란 싱싱한 먹거리를 팔고, 무대에 올라 전통춤을 추는 이치코는 이제 땅 위에 단단히 발을 붙인 것 같은 얼굴이다. 아니면, 정말로 땅 위에 단단히 발을 붙이기로 마음먹은 것 같은 얼굴이다.

시골에서는 내 일은 내 힘으로 한다는 강한 마음가짐과 체력이 필요합니다. 이주하고 나서 도시의 편리함과 비교하며 불평을 해본들 소용이 없습니다. 어떤 것이든 스스로 해내는 것을 즐거워하지 않으면 굳이 불편한 곳에서 살 의미가 없을 것입니다.

_『시골은 그런 것이 아니다』

제목부터 살벌한 마루야마 겐지의 『시골은 그런 것이 아니다』는 바로 나 같은 사람을 위한 책이다. 올해로 40여 년째 시골 생활을 하고 있다는 이 꼬장꼬장한 작가는 '어딜 가든 현실은 따라온다'는 말로 시골 생활에 대한 낭만적 환상에 일침을 날린다. 이루고자 하는 정확한 목적이나 목표 없이 '어떻게든 되겠지'라는 마음으로 시골에 와서는 절대로 안 된다는 것이다. 어이쿠, 갑자기 의기소침해진다. 나 역시 도시에서는 성공할 자신도, 나다운 모습으로 살 자신도 없어서 '어떻게든 되겠지'라는 안이한 마음으로 시골 생활을 꿈꾸었는지 모른다.

〈리틀 포레스트〉에서 본 것처럼 시골 사람들은 정말이지 잠시도 쉬지 않고 별의별 일을 다 한다. 열 종류가 넘는 채소를 키우고, 곡물을 재배해 먹을 수 있게끔 가공하고, 가사와 육아를 하고, 산으로 거리로 일하러 나가고, 월동 준비를 한다. 얼핏 쉬는 것 같아 보여도 콩알이라도 골라내고 있다. 매일같이. 매일같이. 매일같이. 그 일들이 자신의 생존과 직결되어 있기에, 그 와중에 사계절의 변화와 생명의 신비를 체감하며 느끼는 어떤 아름다움이 있기에, 그들은 그 과정에서 도시 사람들보다 소진되는 느낌을 덜 받을지도 모른다.

도시에서 우리는 먹고사는 데 별 도움도 안 되는 능력을 팔면서 조금씩 죽어가고 있는 건 아닐까. 새벽같이 일어나 무거운 마음으로 지하철에 오른다. 일터로 들어가 다시 나올 때까지 하늘 한번 쳐다볼 일이 없다. 책상 위에 올려놓은 작은 화분들은 말라죽어버렸다. 삼시세끼는 그저 빠르게 배를 채우는 일이 되어버리고, 밤늦게 집에 돌아와서는 한참 동안 멍청하게 TV나 스마트폰 화면을 들여다본 후에야 잠들 수 있다. 이렇게 우리는 자기 자신을 쥐어짜 그 즙을 팔고 메마른 껍데기가 되어버린다.

그래서 도시 사람들은 시골을 향해 떠나는 것일 테다. 정말로 사는 것처럼 한번 살아보고 싶어서. 처음부터 끝까지, 나의 힘으로, 나의 생각대로, 나의 의지대로 해보고 싶어서. 그곳에 가면 진심을 다해, 거짓된 것은 하나도 없이 살 수 있을 것 같아서. 정말 그럴 수도 있다. 하지만 그럴 수 없을지도 모른다. 처음부터 끝까지, 나의 힘으로. 그런 건 환상에 불과한 건지도 모른다. 이곳에서나 그곳에서나 나는 나니까, 마루야마 겐지의 말대로 현실은 늘 나를 따라다닐 테니까.

> 당신들은 어째서 남은 인생을 그리도 충실하게 보내려고 아등바등하는 것일까요. 그렇게 하지 않으면 손해라도 보는 것처럼, 수명이 단축될 것처럼요. 그것을 정말로 자신이 좋아하는지 아닌지도 확인하지 않은 채 말입니다. 등산이 유행이라면 등산에 손을 내밀고, 훌라댄스가 유행이라면 훌라댄스에도 기웃거립니다. 그렇게 무리를 하면 몸을 망치고 만다는 것을 뻔히 알면서도, 상술 좋은 사기꾼들의 교묘한 말에 그대로 넘어가 조종을 당하는 데에는 어쩌면 그들 나름의 이유가 있을 것입니다. (중략) 그때 당신들의 눈길은 바로, 낯선 땅에서 좋은 부분에만 마음을 빼앗기며 지나가는 여행자의 시선이었습니다. 하지만 여행하는 사람과 정착해서 사는 사람의 입장은 크게 다릅니다. 요컨대 당신들은 인생에서 최대이자 최악의 충동구매를 하고 만 것입니다. 실패했을 때의 후회가 흔한 후회의 범위를 넘어서는 너무나 어리석은 짓을 한 것입니다.
>
> _『시골은 그런 것이 아니다』

겐지 할아버지의 말씀이 뼈를 때리지만, 후회하더라도 뭐든 해보는 쪽인 나는 농사라는 것이 무엇인지 감이라도 잡아보려 텃밭 농사부터 짓기 시작했다. 일단 내가 사는 도시에서 분양하는 5평짜리 주말농장을 1년에 10만 원을 주고 빌렸다. 뭐든 준비가 필요한 인간이라서, 농부학교에 다니며 밭 가는 법부터 씨 뿌리는 법까지 배웠다. 모든 게 새롭고 재미있고 신기했다.

화분이란 화분은 다 말려 죽이는 나 같은 '죽음의 손'도 밭에서는 씨만 뿌리면 알아서 잘 큰다. 척박한 땅을 뚫고 파릇파릇 새싹들이 돋은 모습을 보면 생각지도 못한 선물을 받은 기분이다. 여름이 다가오면 상추며 깻잎이 징그럽게 자란다. 말 그대로 징그럽다. 뜯어도 뽑아도 기필코 다시 자란다. 그제야 시골 사람들이 농약을 치고 비닐을 씌우는 이유를 알겠다. 허리가 휜다는 느낌이 뭔지도 어렴풋이 알겠다. 고작 5평 농사에도 이렇게 손이 가는데 50평, 500평, 5,000평이야 말할 것도 없을 것이다.

그래서 농사를 지으면 나처럼 건방진 인간도 조금은 겸손해진다. 씨앗이 싹을 틔우고 무성하게 자랄 때까지 내가 하는 일은 별로 없다. 흙과 태양과 바람과 비가 그 모든 일을 한다. 나는 그저 약간 거들어주고 얻어먹을 뿐이다. 그러자 이상하게 안심이 되었다. 내가 이 지구상에 홀로 툭 떨어진 존재가 아니라는 것을, 나 혼자서 이 삶을 헤쳐나가지 않아도 된다는 것을 몸으로 깨닫게 되어서다. 나 역시 흙과 태양과 바람과 비와 한 팀임을 알게 되어서다. 그래서 농사를 지으면 자신감도 더불어 자란다. 살아가는 데 있어 가장 기본적이고 또 가장 중요한 것, 즉 먹을 것을 자연과 한 팀으로 만들어본 적 있는 사람의 원초적인 자신감.

> 자연은 결코 이미지가 아니라, 삶과 죽음이라는 절실한 문제를 끊임없이 제기하는 현실 그 자체라는 당연한 사실을 새삼 깨닫게 됩니다.
>
> _『시골은 그런 것이 아니다』

〈리틀 포레스트〉를 보고 난 후 토마토 병조림을 만들었다. 잘 익은 토마토에 칼집을 내서 끓는 물에 살짝 데친다. 껍질이 술술 벗겨진다. 껍질을 벗긴 토마토를 커다란 냄비에 넣고 약한 불로 뭉근하게 끓인다. 토마토와 국물을 한 병에 담아 그대로 끓는 물에 소독한다. 그 병들을 식혔다가 냉장고에 차곡차곡 넣는다. 한겨울에 이 병을 꺼내 토마토 스튜라도 끓여볼까. 토마토스파게티도 좋겠지. 피자도 만들 수 있을 것이다. 모처럼, 사람이 된 기분이 들었다.

지금은 너무 바쁘고 힘들어서 텃밭 농사는 짓지 않는다. 하지만 한가해질 노후에는 꼭 다시 하고 싶다. 그때까지 꼭 살아 있어야지.

모리 준이치 감독, 〈리틀 포레스트〉
마루야마 겐지 지음, 고재운 옮김, 『시골은 그런 것이 아니다』(바다출판사)

어른의 슬픔

주말 아침, 〈인사이드 아웃〉을 보러 갔다. 픽사는 역시 대단하다. 이런 소재로 과학적이면서도 철학적이고, 서정적이면서도 지적이고, 슬프면서도 웃긴 애니메이션을 만들 수 있다니.

영화의 주인공인 라일리가 태어나는 순간부터 그녀의 머릿속 감정을 주도하는 존재는 바로 '기쁨'이다. 이 '기쁨' 덕에 라일리의 눈에 비친 세상은 아름답고 행복하고 유쾌한 곳이며, 라일리의 머릿속은 온통 좋은 기억들로 가득하다. 그런데 어느 순간 '기쁨'은 라일리의 머릿속에 '슬픔'이라는 뚱뚱하고 칙칙하고 자신감 없는 여자애가 함께 살고 있다는 사실을 알게 된다.

'기쁨'은 시시때때로 라일리를 울게 하고 의기소침하

게 하고 무기력하게 하고 우울하게 하는 '슬픔'을 통제하느라 정신이 없다. '기쁨'과 '슬픔' 말고도 '까칠' '버럭' '소심'이라는 친구들 역시 라일리의 감정을 조종하는 존재들이다. 하지만 이들은 그저 조연일 뿐, 라일리는 대부분의 시간을 '기쁨'에 젖어 지내다 가끔 '슬픔'이 실수로 누른 버튼 같은 울적한 감정에 빠진다.

어느덧 사춘기 초입에 접어든 라일리는 정든 고향을 떠나 대도시 시카고로 전학을 간다. 집도, 학교도, 거리도 낯설기만 한 라일리의 감정은 점점 '슬픔'에 잠식된다. '기쁨'은 '슬픔'을 저지하며 라일리의 유쾌하고 낙천적인 성격을 되찾아주기 위해 노력하지만, 실수로 '슬픔'과 함께 기억저장소로 떨어져버린다. 이제 라일리의 머릿속 감정 컨트롤 본부는 '까칠' '버럭' '소심'의 차지가 된다.

가족, 우정, 하키 등 좋았던 기억의 섬들이 하나둘씩 사라져가는 라일리의 머릿속을 탐험하면서 '기쁨'이 결국 깨닫는 것은 이것이다. '기쁨'도 '슬픔'도 좋고 나쁠 것이 없는 감정일 뿐이라는 것. 우리에게는 '기쁨'도 필요하지만 '슬픔'도 필요하다는 것. 그리고 '기쁨'과 '슬픔'이 함께할 때만 인간은 성장할 수 있다는 것.

바로 그래서 인간에게는 사춘기라는 지독한 통과의례가 필요하다. 부모의 품에서 떨어져나와 한 인간으로 서기 위해 우리는 모든 것을 의심하고, 거부하고, 분노한다. 그때는 '기쁨'이 아니라 '슬픔'과 '소심'과 '까칠'과 '버럭' 같은 감정들의 영향력이 강해지는 때다. 사춘기는 이 모든 감정들이 조화를 이루는 법을 배우기 위한 과정이다. 그 고통스러운 과정을 겪지 않고서는 누구도 어른이 되지 못한다.

그러고 보면 인생의 시기마다 주도권을 쥐는 감정은 따로 있는 것 같다. 어린 시절 라일리의 머릿속에서 가장 크고 빛나며 주도적인 감정은 바로 '기쁨'이다. 하지만 라일리 엄마의 머릿속에서는 '슬픔'이 그 자리를 차지하고 있다. 라일리의 머릿속 '슬픔'은 어둡고 자신 없는 인상이지만, 엄마의 머릿속 '슬픔'은 부드럽고 강인하며 통솔력 있어 보인다. 엄마가 자라면서 엄마의 머릿속 '슬픔'도 함께 자란 것이다.

'슬픔'은 성장한다. "내가 왜 이러는지 모르겠어. 기분이 축 처져. 아무것도 하고 싶지 않아. 미안해" 하고 중얼거리던 '슬픔'이라는 이름의 어깨가 처진 소녀는, 나이가 들면서 차분하고 이성적인 여인으로 변한다. 한번 생각해 보시라. 30대에도, 40대에도 '기쁨'이 주도권을 쥐고 있다면? 차분해야 할 때 차분하지 못하고, 진지해야 할 때 진지하지 못하며, 가만히 있어야 할 때와 나서야 할 때를 구분하지 못하는 철부지가 되고 말 것이다.

영화 〈까밀 리와인드〉는 까밀이라는 마흔 살의 여자가 25년 전, 열여섯 살의 나이로 돌아가면서 벌어지는 이야기다. 오래전 돌아가신 부모님은 버젓이 살아 있고, 그녀는 1980년대 패션으로 학교에 가서 어린 시절의 친구들을 만난다. 25년 후 시력을 잃을 친구는 아직 도수 높은 안경을 쓰고 있고, 마흔 살에 바람을 피워 까밀을 떠난 남편은 고등학생의 모습으로 그녀를 쫓아다닌다.

앞으로 자신이 어떤 삶을 살게 될지 알고 있는 까밀은 다시 돌아간 10대 시절에 잃고 싶지 않은 것과 잃어야만 할 것들을 구분한다. 남편과 사랑에 빠지지 않으려 애쓰고, 엄마에게 매순간 사랑을 고백한다. 부모님의 목소리를 녹음하고, 흥미 없던 수업을 열심히 듣는다. 외모도 달라졌다. 분명 같은 사람이건만 10대의 까밀은 헤어스타일과 옷차림, 화장법 탓인지 훨씬 밝아 보인다. 40대의 까밀은 순식간에 폭삭 늙어버린 것 같았는데, 아마 그것은 '슬픔' 때문이었을 것이다.

엄마가 돌아가신 후, 까밀은 슬픔을 주체 못해 술을 홀짝이기 시작했다. 40대의 까밀은 마치 〈인사이드 아웃〉 라일리의 머릿속 '슬픔' 같았다. 무기력하고 자기파괴적이고 늘 뭔가에 끌려다니는 여자. 하지만 '슬픔'보다는 '기쁨'의 지배를 받는 10대의 까밀은 다르다. 까밀은 그토록 그리워하던 엄마를 되찾았다. 부모의 보호 아래 살아가는 안온한 행복을 다시 맛보았다.

10대일 때 부모의 품은 그저 구속이었지만, 성인이 되어 세상 밖으로 나오면 그 품이 얼마나 안전했는지를 깨닫게 된다. 까밀은 그것을 안다. 모든 것을 혼자서 선택하고 결정하고 책임져야 하는 어른의 인생이 얼마나 벅찬지를. 그래서 어떤 어른들은 실패하기도 한다는 것을. 자신의 인생도 그렇게 실패했다는 것을. 까밀은 모든 걸 되돌리고 싶다. 남편과 사랑에 빠지지만 않는다면, 엄마가 일찍 죽지 않는다면 자신의 인생도 달라질 것 같아서다. 그런 면에서 40대의 까밀은 아직 덜 자란 어른이었는지도 모른다. '슬픔'과 '기쁨'의 조화를 익히지 못한 어른 말이다.

그러나 인생을 되돌려도 까밀은 예정된 수순대로 남편과 사랑에 빠져 임신하고, 엄마의 죽음을 막지 못한다. 까밀의 운명은 달라지지 않았다. 그럼에도 까밀은 달라진다. 그녀는 엄마를 사랑할 줄 아는 딸로서 엄마를 떠나보낼 수 있었다. 그토록 미워했던 남편과 사랑에 빠진 순간을 다시 한번 겪으면서 까밀은 더이상 그를 미워하지 않을 수 있었다.

까밀의 고장 난 시계를 고쳐주어 그녀를 과거로 돌려보낸 시계방 주인은 현재로 돌아온 까밀에게 이렇게 말했다.

"용기를 주렴. 바꿀 수 있는 걸 바꿀 수 있는 용기와 바꿀 수 없는 걸 받아들이는 마음의 평정을. 그리고 그 차이를 아는 현명함 말이야."

과거의 것들은 여전히 우리의 인생에 영향을 미친다. 하지만 까밀이 물리 수업 시간에 들은 이야기처럼, 우리가 보고 있는 별의 빛은 지금 존재하는 것이 아니라 40억 년 전의 것이다. 마찬가지로 지금 우리를 고통스럽게 만드는 과거의 상처 역시 이미 지나간 것이다. 기시미 이치로의 책 『미움받을 용기』에는 어떤 경험도 성공이나 실패의 원인이 아니라는 이야기가 있는데 그 말이 맞을지도 모른다. 40대의 까밀은 엄마가 돌아가신 아픔 때문에 알코올 중독에 빠진 것이 아니라, 그저 술을 마시고 싶었기 때문에 마신 것이다. 남편이 떠난 것은 남편이 바람을 피우며 가정을 소홀히 해서라기보다는, 술에 빠진 까밀이 남편을 밀어냈기 때문인지도 모른다.

그래서 까밀에게 필요한 것은 용기다. 바꿀 수 있는 걸 바꿀 수 있는 용기, 바꿀 수 없는 걸 받아들이는 마음의 평정. 그리고 그 차이를 아는 현명함. 다시 10대가 된 까밀이 남편과 사랑에 빠지지 않기 위해 애쓴 이유는 그가 떠나버린 후 삶이 망가지거나 황폐해질 것이라 믿어서였다. 하지만 40대로 다시 돌아온 까밀은 망가지지도, 황폐해지지도 않는다.

엄마가 돌아가신 후 까밀은 엄마의 목소리를 녹음한 테이프를 듣는다. 그때 엄마는 집 안으로 잘못 날아든 작은 새를 사로잡아 밖으로 내보내면서 이렇게 말했더랬다.

"처음엔 많이 추워도 따뜻한 곳이 있단다. 너의 집을 찾아가렴. 행운을 빈다."

어른으로 혼자 살아가는 일은 집도 없이 추위 속에 맨몸으로 내던져지는 것과 같다. 하지만 엄마의 말대로 우리는 곧 따뜻한 곳을 찾아낼 것이다. 그건 행운이 필요한 일이지만, 언젠가는 반드시 그 행운이 찾아올 것이라 믿고 힘을 내어 살아갈 수밖에 없다. 이제는 전남편이 된 남편에게 처음으로 따뜻한 미소를 지어 보인 뒤 홀로 씩씩하게 눈 덮인 길을 걸어가는 까밀처럼. '슬픔'과 '기쁨'의 평화로운 공존을 이루어낸 진짜 어른, 까밀처럼 말이다.

아이들을 키우면서 인간은 어떻게 자라나는지를 관찰하고 있다. 청소년기인 내 아이들의 뇌 속은 아주 난리가 난 것 같다. 그런 아이들을 이해할 수 없을 때, 나는 〈인사이드 아웃〉을 떠올린다. '기쁨'과 '슬픔'은 어딘가로 사라지고, '까칠'과 '버럭'과 소심'이 우왕좌왕하는 라일리의 머릿속을. 아주 가관이다.

피트 닥터 감독, 〈인사이드 아웃〉
노에미 르보브스키 감독, 〈까밀 리와인드〉

이토록 섹시한 노년

나는 언제나 멋진 할머니로 늙고 싶었다. 예를 든다면 제인 구달이나 타샤 튜더나 헬렌 니어링이나 토베 얀손, 또는 윤여정 같은 할머니로. 나이 들어도 고개를 빳빳이 쳐들고, 기가 꺾이기는커녕 펄펄 날아다니고, 여전히 살짝 까칠하고, 유머 감각이 넘치며, 지적이고, 그러면서도 곡괭이를 들고 땅을 일구거나 워커를 신은 채 숲을 헤치고 다닐 수 있을 정도로 튼튼한 할머니들. 세상의 통념이나 도덕군자의 잔소리 따위는 지그시 발로 밟아 눌러줄 줄도 아는 할머니들.

〈해리가 샐리를 만났을 때〉와 〈시애틀의 잠 못 이루는 밤〉 그리고 〈줄리&줄리아〉를 유작으로 남긴 영화감독 노라 에프런도 바로 그런 할머니 중 하나다. 넘치는 지성을 바닥에 깐 고약한 유머 감각에 냉철한 현실 감각까지 세트로 겸비한 할머니.

세칭 미모 관리란 '어느 정도 나이가 들면 몸 여기저기에 덕지덕지 붙여야 하는 보수 공사'를 뜻한다. 가령 과거에 나를 뻥 차버린 놈과 우연히 마트에서 마주쳤다고 치자. 그때 통조림 진열대 뒤에 숨을 필요 없이 당당하게 나설 수 있도록 도와주는 기본 관리를 말한다.

가끔은 더이상 헤어스타일에 신경쓰지 않아도 되는 게 죽음의 숨은 매력이 아닐까 생각할 정도다.

요즘 40대, 50대, 60대가 과거처럼 나이 들어 보이지 않는 이유는 페미니즘이나 사회운동으로 삶의 질이 향상된 탓이 아니다. 바로 염색 때문이다.

_『내 인생은 로맨틱 코미디』

나는 언제나 이런 상쾌한 조언을, 같은 여자 어른으로부터 듣기를 원했다. 너무 애쓰지 말고 그냥 생긴 대로 살라는 조언 말이다. 살아가는 일의 시시콜콜한 것들에 대한 현실적인 조언도 좀 해주었으면 좋겠다. 가방 때문에 전전긍긍하느니 명품백 대신에 차라리 비닐 가방을 사라든가, 미모 관리의 덧없음이라든가, 이름만 다른 똑같은 샴푸에 속지 말라거나, 제모, 이혼, 집착 같은 것들에 대한 시시콜콜한 조언 말이다.

우리 할머니에게서 이런 조언을 들을 수 있었더라면 얼마나 좋았을까? 하지만 할머니나 엄마는 늘 조신함이나 여성스러움을 강조했다. "그렇게 해서 어떤 남자가 널 좋아하겠니?" "칠칠치 못하게" 같은 말들이 귀에 박혀 있을 정도다. 그런 말들이 내 인생에 얼마나 큰 영향을 끼쳤는지 안다면 아마 그분들도 깜짝 놀랄 것이다. 나는 언제나 내가 모자라고 여자답지 않으며 어떤 남자도 나를 좋아할 리 없을 것이라는 확신을 품은 채로 살아왔다. 그런 나에게 노라 에프런은 내가 갖고 싶었던 이상적인 할머니 자체였다.

> 중요한 것은 조리법이 아니다. 조리법을 따라 직접 만들어 보는 것이 중요하다. 사람들을 편하게 해주면서 그게 뭐든 자신만의 스타일을 찾아 정성스레 요리하는 것이 중요하다. 요리하느라 초주검이 될 필요는 없다. 그냥 생긴 대로

자신의 삶에 어울리는 요리를 하면 된다.

_『내 인생은 로맨틱 코미디』

노라 에프런은 우리가 굳이 외면하고 덮어두고 포장하려는 진실들을 하나씩 끄집어내서는 "당신 눈에는 이게 보이지도 않느냐"고 흔들어대는 유형의 여자다. 그런 노라 할머니가(점점 친밀감이 느껴지고 있다) 노화의 가장 큰 적으로 꼽는 것은 바로 '목'이다. 사실 이 책의 원제는 『나는 내 목이 싫어I hate my neck』이기도 하다.

종종 노년에 관한 책을 읽는데, 그 책의 저자들은 모두 한결같은 목소리로 나이 드는 건 멋진 일이라고 찬양한다. 현명하고 슬기롭고 성숙한 인간이 되는 건 근사한 일이다. 인생에서 뭐가 중요한지 분별할 수 있는 시기에 이르렀다, 이 얼마나 멋진 일인가. 그런 말을 늘어놓는다. 이런 헛소리를 해대는 인간들이 너무나 역겹다.

도대체 이 작자들은 무슨 생각을 하는 걸까? 이 사람들은 목도 없나? 목을 감추려고 억지로 입어야 하는 옷들이 지겹지도 않나? 이놈의 목주름 때문에 사고 싶은 옷을 들었다 놨다 한 게 한두 번이 아니지 않은가. 계속 목을 가리는 옷만 입어야 하는 현실이 슬프지도 않나? (중략) 물론 나이가 들수록 현명해지고 슬기로워지고 성숙해지는 건 사실이다. 그리고 인생에서 정말 중요한 게 무엇인지 깨닫게 된다. 하지만 이 사실을 아는가? 내 인생에서 정말 중요한 건 바로 내 목이었다.

_『내 인생은 로맨틱 코미디』

일본의 동화작가 사노 요코는 우리에게도 친숙한 『100만 번 산 고양이』라는 동화책을 썼다. 전쟁과 가난과 굶주림을 겪고 친엄마로부터 학대당하며 자란 그녀는 두 번 결혼하고 두 번 이혼을 한 데다 암에 걸리기까지 했다. 이 팔자 센 노인네는 노라 에프런 못지않은 시니컬한 어투로 혼자 카페에서 아침식사를 하는 자신 같은 할머니들에 대해 이야기한다.

예전에는 이런 할머니가 없었다. 보나 마나 독거노인 냄새가 풀풀 나겠지. 내일 이 시간에 오면 다시 같은 얼굴을 마주치게 될지도 모른다. 그리고 아무도 남들과 대화하지 않을 것이다. 이유도 없이 기운이 솟아났다. 역사상 최초의 장수 사회를 살아가는 우리 세대에게는 생활의 롤모델이 없다. 어둠 속에서 손을 더듬거리며 어떻게 아침밥을 먹을지 스스로 모색해나가야 한다. 저마다 각자의 방식을 찾아야 하는 것이다.

_『사는 게 뭐라고』

사노 요코의 에세이 『사는 게 뭐라고』는 자칭 독거노인인 작가의 하루하루를 이렇게까지 적나라해도 되나 싶을 정도로 적나라하게 펼쳐 보인다. 한류드라마에 빠져 정신을 못 차리고, 사촌 언니와 신경전을 벌이고, 요리를 해서 친구들을 먹이고, 자식과 싸우고, 병에 걸려 꼼짝도 못하는 시시콜콜하다 못해 치졸하기 짝이 없는 생활 속에, 삶에 대한 그녀만의 독특하고도 깊이 있는 시선과 태도가 자연스럽게 배어난다. 그게 가능한 것은 역시 그녀에게도 연륜이라는 것이 있기 때문이겠지.

옛날에는 모든 할머니들이 그랬다. 쪼그려 앉아 주름진 양손에 고이고이 찻잔을 감싸 들고 조심스레 차를 홀짝였다. 눈앞에서 제비가 날아가건 장맛비가 내리건 고양이 같은 눈으로 먼 곳을 응시하며 조용히 차를 마셨다. 나와는 관계없는 사람들이었다. 하지만 나도 모르는 사이에 그 관계없는 사람이 되어간다. 누군가가 가르쳐준 것도 아니다. 정신을 차리고 보니 진한 녹차를 멍하니 마시고 있을 뿐이다.

_『사는 게 뭐라고』

사노 요코가 세상만사와 노년을 바라보는 시선은 당황스러울 정도로 시니컬하고 비관적이다. 그럼에도 그것이 무언가를 감추기 위해서가 아니라서, 오히려 모든 걸 드러내기 위해서라서, 그러면서 가벼워지고 싶어서라서, 그래서 얼마나 살지는 모르겠지만 하루를 살더라도 조금 더 제대로 살고 싶어서라서, 그런 것을 느낄 수가 있어서, 그녀의 글을 읽는 것은 짜릿하게 즐겁다. 심지어 자신을 비웃을 수 있는 사람이야말로 언제나 가장 강하고 매력적인 사람이라고 하지 않았던가.

곽재구의 『포구기행』에는 '연륜은 사물의 핵심에 가장 빠르게 도달하는 길'이라는 말이 나온다. 연륜을 잘 쌓은 사람들은 굳이 둘러가는 일 없이 본질을 꿰뚫는다. 그걸 속물적이라고 표현할 수도 있을 것이다. 그러나 나는 속물적인 것과 본질적인 것 사이에서 아슬아슬하게 줄타기를 하는 과정에서 유머가 태어난다고 생각한다. 성인군자 같은 소리를 늘어놓는 사람보다 사노 요코나 노라 에프런처럼 웃기는 얘기 하나라도 더 해주는 할머니들이 나는 좋다. 왜냐하면 잘살고 못살고는 엄격한 도덕률이나 낭만적인 이상이 아니라, 그날 하루 몇 번이나 웃었는지에 좌지우지되는 경우가 많기 때문이다.

> 일을 의뢰받으면 그 일이 무엇이든 간에 아, 싫다, 가능하면 안 하고 싶다, 하지만 돈이 없으면 먹고살질 못하니까, 하는 생각으로 마감 직전 혹은 마감 넘어서까지 양심의 가책과 싸워가며 버틴다. 그전에는 아무리 한가해도 일이 손에 잡히지 않는다. 그러는 내내 위장이 뒤집힐 듯 배배 꼬여서 이따금씩 위산이 역류하기도 한다. 몇십 년을 매일같이, 공휴일 명절 할 것 없이 뒤틀리는 위장의 재촉을 받으며 내 인생은 끝나리라. 일이 좋다는 사람이 있다면 얼굴 한번 보고 싶다. "넌 일단 시작하면 빠르잖아. 빨리빨리 해치우면 편할 텐데." 상식적인 친구들이 충고를 하면 나는 이렇게 대답한다. "싫어, 그렇게 일하면 부자가 되는걸." "부자 되기 싫어?" "응, 싫어. 근근이 먹고사는 게 적성에 맞아. 부자들 보면 얼굴이 비쩍 말랐잖아. 돈이 많으면 걱정이 늘어서 안절부절못하는 거라고."
>
> _『사는 게 뭐라고』

사노 요코와 노라 에프런 두 할머니 모두 세상을 떠났다. 하지만 슬퍼할 일은 아니다. 사람은 누구나 죽기 마련이니까. 게다가 두 할머니 모두 씩씩하게 세상과 굿바이했을 것 같다. '살 만큼 살았고 할 만큼 해봤고 인생에 별 의미가 없다는 것도 알고 죽었으니 너희들은 그 지옥에서 잘들 살아봐라. 아이 고소해' 하며 손을 흔들고 있을 것 같다.

"몇 년이나 남았나요?" "호스피스에 들어가면 2년 정도일까요." "죽을 때까지 돈은 얼마나 드나요?" "1천만 엔." "알겠어요. 항암제는 주시지 말고요, 목숨을 늘리지도 말아주세요. 되도록 일상생활을 할 수 있게 해주세요." "알겠습니다." 그로부터 1년이 지났다.

럭키, 나는 프리랜서라 연금이 없으니 아흔까지 살면 어쩌나 싶어 악착같이 저금을 했다.

병원에서 돌아오는 길에 근처 재규어 대리점에 가서, 매장에 있던 잉글리시 그린의 차를 손가락으로 가리키며 말했다. "저거 주세요."

_『사는 게 뭐라고』

앞으로 나에게 미래랄 게 있다면, 그건 '할머니'의 미래일 것이다. 아무리 긍정적으로 생각해도 그렇다. 청춘이라는 것이 몸에 맞지 않는 옷 같아서 영 어색하고 빨리 벗고 싶기만 했던 나 같은 사람에게는, 할머니가 된다는 것이 그리 끔찍한 미래 같지는 않다. 물론 검버섯이 생기고 몸의 여기저기가 고장나고 기억력이 떨어지고 어딜 가나 노인 취급을 받으며 무시당한다면 그런 생각은 철회하고 싶겠지만.

어쨌든 운 좋게 그 나이까지 버텨서 할머니가 될 수 있다면(나는 항상 최악의 경우를 상상하는 여자니까) 노라 에프런과 사노 요코처럼 솔직하고 씩씩한 할머니가 되고 싶다. 유머감각 넘치는 섹시한 노인으로 늙고 싶다. 제발 꼰대만은 되지 않았으면 좋겠다. 하지만 이미 되어버렸는지도 모른다. 슬프다. 이제 겨우 마흔이니 나에게도 갱생의 기회가 있을지도 모른다. 일단 노라 할머니가 남긴 조언부터 잘 따라야겠다.

칙칙해지지 말자.

살며시 미소를 지어보자.

크게 소리 내어 웃어라.

먹고, 마시고, 흥겨워해라.

순간에 충실해라.

삶은 계속된다.

이보다 더 나쁠 수도 있다.

그리고 이 말을 되뇌어라.

'그렇다고 별 수 있나?'

여기, 우리는 이렇게 살아 있다.

_『내 인생은 로맨틱 코미디』

그냥 꼰대라고 인정하면 마음이 편하다. 꼰대, 나야 나.

노라 에프런 지음, 박산호 옮김, 『내 인생은 로맨틱 코미디』(브리즈)
사노 요코 지음, 이지수 옮김, 『사는 게 뭐라고』(마음산책)

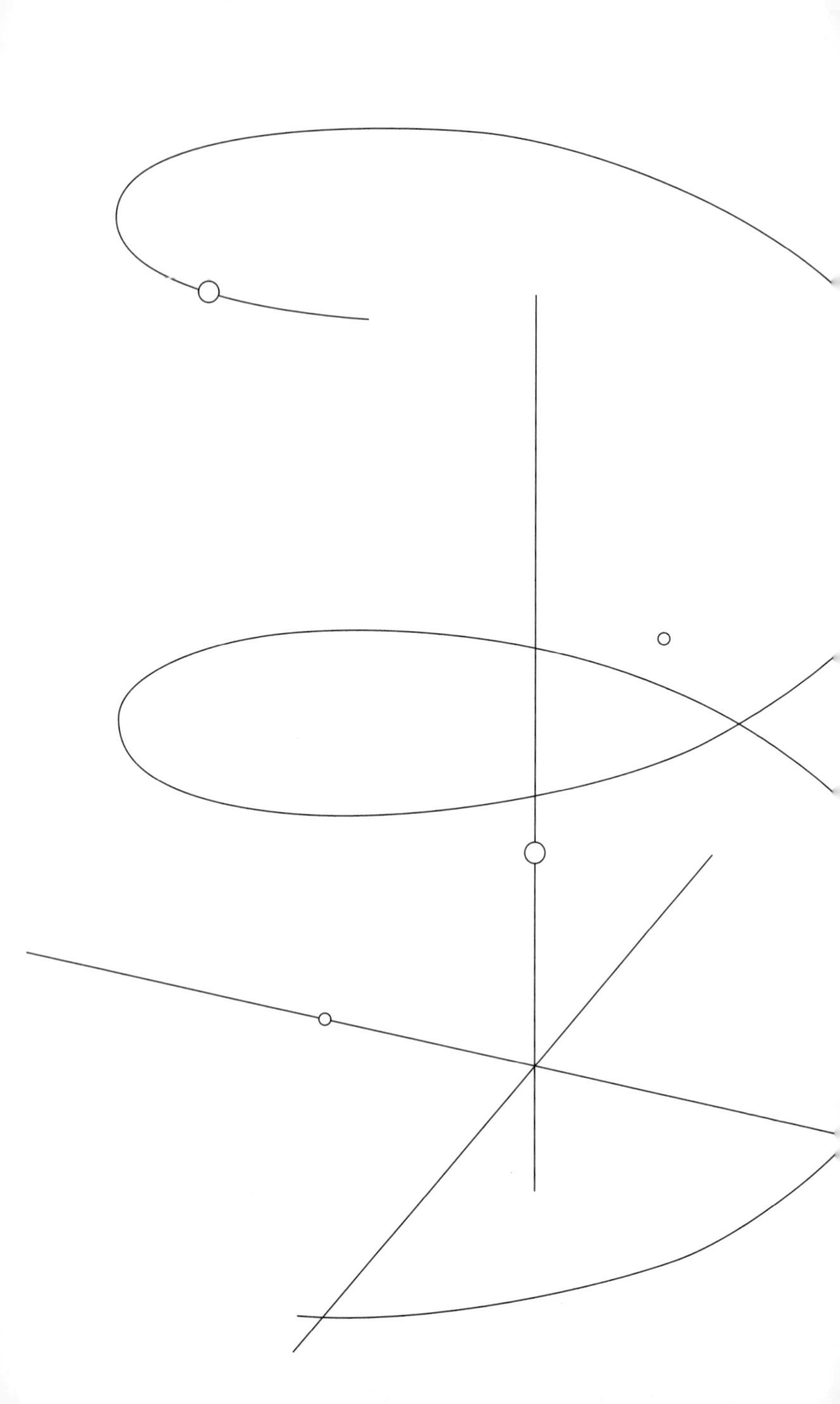

ROUND 2. 할 수 있는 건 그저 걷는 것뿐

ROUND 2.

네가 너이기 때문에

커플링까지 맞춰놓고 갑자기 연락을 끊은 남자. 천재지변 및 사건 사고가 의심되어 잠도 못 이루다 겨우 알아낸 회사 전화번호로 연락을 했더니 아무 일 없었다는 듯 밝은 목소리로 전화를 받은 남자. 이 남자의 정체는 뭘까?

1. 미친놈
2. 사이코패스
3. 개자식

하지만 친구들과의 술자리에서 입으로 내뱉은 단어와는 달리 마음속의 찜찜함은 쉽게 가시지 않는다. 그 불쾌한 기분은 어느 날 아침 눈을 뜬 나를 침대에서 일어나지 못하게 붙들 것이고, 버스 손잡이에 매달린 채 흔들리는 내 가슴을 천천히 조일 것이며, 깊은 밤 화장실로 향하는 내 어깨에 무겁게 손을 얹을 것이다. 너는 차였어. 그것도 완전히.

그 남자는 대체 왜 그런 짓을 했을까? 열심히 집적대기에 살짝 넘어가줄까 했더니 순식간에 차갑게 식어버리는 남자. 아직 누군가를 진지하게 만날 준비가 안 된 것 같다며 변명만 잔뜩 늘어놓더니 금세 다른 여자와 사랑에 빠지는 남자. 아아, 이 남자들이 단체로 미친 걸까?

> 그 사람이 나 같은 사람을 사랑할 만하다고 인정한다는 것은 그 사람의 취향에 뭔가 문제가 있다는 것인데, 그런 문제가 있는 사람이 어떻게 내가 바라던 대로 멋진 사람일 수 있을까?
>
> _『왜 나는 너를 사랑하는가』

이 무슨 또라이 같은 말인가! 『왜 나는 너를 사랑하는가』라는 책에서 철학자 알랭 드 보통은 인간은 타락한 자신에게서 벗어나 이상적인 사람과 함께하고 싶어 사랑을 한다고 했다. 여기까지는 맞는 말이다. 그런데 상대 역시 나를 사랑하기 시작할 때, 갑자기 그의 매력이 빛바래버린다는 것이다. 아니, 정말로 저런 말도 안 되는 이유 때문에 남자들은 나를 잔인하게 차버렸다는 건가?

그렇다면 반대의 경우를 한번 보자. 이해할 수 없는 상대와 이해할 수 없는 연애를 하고 이해할 수 없는 이별을 당한 적이 있으신지? 영화 〈500일의 썸머〉의 주인공 톰에게는 썸머가 그런 여자다. 1960년대 스타일 머리를 하고는 동그랗게 뜬 눈으로 학창 시절 별명이 '애널 걸anal girl'이었다고 조곤조곤 말하는 여자. 웃는 모습이 몹시 예쁘고, 치아가 가지런하고, 하트 모양 점이 섹시하고, 무릎이 귀여운 여자. 톰과 썸머는 함께 그룹 '더 스미스The Smiths'를 좋아하고, 복사실에서 몰래 키스를 하고, 이케아 매장에서 신혼부부 놀이를 하며 즐거워한다.

하지만 이들 관계에는 문제가 있다. 썸머는 사랑 따위는 믿지 않는다며, 지금 행복하면 됐지 왜 꼭 이 관계를 어떤 단어로 규정해야 하느냐고 따지는 여자다. 이토록 복잡한 연애는 상상해본 적 없는 우리의 톰에게는 친구도 아니고 연인도 아닌 관계가 그저 혼란스러울 뿐이다. 내가 사랑하는 상대가 나를 같은 강도로 사랑하지 않는다는 사실을 확인하는 것처럼 고통스러운 일도 없으니까.

결국 그들은 헤어지게 되는데, 나중에 우연히 만난 썸머는 누군가와 약혼을 했다. 톰은 그녀에게 묻는다. 그때 왜 나를 찼던 거야? 왜 내가 아닌 다른 사람이어야 했지? 썸머의 답은 놀라울 정도로 싱겁고, 또 어이없다.

"너와는 가능하지 않았던 일이 그와는 가능하다고 느껴졌어."

즉, 특별한 이유가 없었다는 뜻이다. 썸머라는 여자 역시 사이코였던 걸까?

그러고 보면 로스앤젤레스에 사는 톰 씨만이 아니라 나의 실연에도 비슷한 문제가 있었던 것 같다. 내 연애들이 실패한 이유는 뭘까? 나는 그 남자들의 어떤 점에 실망했던 걸까? 어째서 내가 좋아하는 남자들은 나를 좋아하지 않았던 걸까?

그건 아마 내가 예쁘지 않거나, 여성스럽지 않거나, 성격이 좋지 않거나, 남자를 유혹하는 필살기를 갖추지 못했거나, 심지어 돈이 많지도 않았기 때문일 확률이 높다. 물론 나도 잘 알고 있다. 그때는 나도 연애의 스킬 같은 것에 목을 맸다. 상대를 목마르게 하는 밀당의 기술이나 내게 관심 없는 남자의 마음을 빼앗는 법 같은 것. 지금 돌이켜보면 다 쓸데없는 짓이었다. 관심 없는 남자가 나의 가공할 필살기에 홀려 잠깐 관심을 보인다 한들, 그게 과연 얼마나 갈까? 그렇다고 평생 작전이나 짜고 필살기나 구사하면서 야전 사령관처럼 살 수도 없는 노릇 아닌가.

혹시 성공한 연애의 역사를 복기하는 것이 실패의 이유를 찾기에 더 나은 방법이 아닐까? 나는 왜 스물여덟에 만난 별로 내 취향이 아닌 남자와 연애를 시작했을까? 평생 혼자 살까 두려워서? 그 정도로 마음이 약해서? 어쩌면 그게 정답인지도 모른다. 내가 남자들에게 별 매력 없는 여자라는 사실을 확인하는 데 질렸다. 마주치는 모든 남자가 나의 짝이 될 수 있을지도 모른다는 가정하에 스물네 시간을 경계 태세로 버티는 것도 무지 피곤했다. 아니, 정말로 그렇게 한심한 이유 때문에 어떤 남자와 사귀기로 한 걸까?

충격에 휩싸여 다시 곰곰이 생각해보니, 그것은 썸머의 말처럼 이해할 수도, 알 수도 없는 일이었다는 생각이

든다. 내가 누군가를 마음에 들어하고, 동시에 그 누군가도 나를 마음에 들어하는 일. 그의 유머 감각에 박장대소하고, 그는 나의 웃음에 흐뭇해하던 일. 비슷한 가정환경에서 자랐기에 비슷한 가치관, 즉 검소하고 근면한 삶의 자세를 똑같이 동경하고 있었던 일. 그럼에도 무시할 수 없는 우리 사이의 크고 작은 차이들에 절망하기는커녕, 오히려 그것들에 매혹되었던 일. 그런 일들이 나 한 사람만이 아니라 그에게도 동시에 일어났던 일. 그런 일은 도무지 설명하기가 어려워 그저 마법 같은 일, 또는 기적 같은 일이라고 부를 수밖에 없는 것이다.

그와 내가 서로의 이상형에 가까운지 아닌지도 물론 중요하지만, 내가 그를 처음 만났을 당시 읽던 책이나 즐겨 보던 드라마가 무엇이었는지도 중요하다. 처음 만난 날 우리가 파스타 대신 삼겹살을 먹었더라면, 나를 만나기 1년 전에 그가 사이코 같은 여자친구와 헤어지지 않았더라면, 그를 만나기 전에 내가 아픈 사랑의 상처에서 헤어 나올 만큼 충분한 시간을 보내지 않았더라면, 그가 다른 학교에 다녔더라면, 내가 다른 직장에 다녔더라면, 그가 우리를 소개시켜준 친구와 포켓몬스터 딱지 때문에 절교를 했더라면, 내 아버지가 두 살 때 함경북도 원산에서

강원도 속초로 피난을 오지 않았더라면, 우리는 사랑에 빠지기는커녕 상대의 존재조차 몰랐을 수도 있다. 어쩌면 우리는 거리에서 무심하게 서로를 스쳐지나가는 매력 없는 남의 연인이 되었을 수도 있다. 결국 사랑과는 별 관계없어 보이는 무수한 끈들이 거미줄처럼 얽히고설킨 가운데, 우리는 상대를 알아보게 되는 것이다.

> 내가 무엇을 했기에 사랑을 받을 자격이 있는가? 겸손한 연인은 자신이 무엇을 했을 리가 없다고 생각하며 그렇게 묻는다. 내가 무엇을 했기에 사랑에 거부당하는가? 배반당한 연인은 그렇게 묻는다. (중략) 네가 너이기 때문에. 이 답을 듣게 되면 질문을 했던 사람은 자만과 우울 사이에서 위험하게, 예측할 수 없이 흔들릴 수밖에 없다.
>
> _『왜 나는 너를 사랑하는가』

사랑이라는 것은 우리가 어쩔 수 있는 일이 아니다. 모퉁이를 돌다 통화 중이던 운전자의 차에 치이는 것처럼, 우리는 전치 12주의 강도로 사랑에 빠진다. 수만 분의 일 확률로 상대도 나와 같은 감정을 느낄 것이다. 내게 뜨거운 관심을 보이던 그가 한순간 차갑게 식어버린 것도,

별도 따주고 달도 따주겠노라 호언장담하던 그가 구차한 변명 한마디만 남긴 채(때로는 변명조차 없이) 사라져버린 것도, 사실은 별 이유가 없어서일 수 있다. 네가 너이기 때문에. 그냥 그 순간 내가 마음에 안 든 것이다. 그러니 우리가 기댈 수 있는 것은 '사랑은 타이밍' '시절인연' '짚신도 제짝' 같은 별 신빙성 없어 보이는 오래된 이론들뿐인지도 모른다.

어쨌든 결론은, 남의 마음을 속속들이 아는 것은 불가능하다는 말씀. 그러니 연애가 잘 안되든 사랑에 실패하든 자신을 탓할 필요가 없다는 말씀. 어딘가에는 내가 좋아하고, 또 나를 좋아해 줄 남자(여자)가 있을 거라는 말씀. 그러니까 지금 할 수 있는 일은 그냥 하루하루를 충실히 살면서 때를 기다리는 것뿐이라는 말씀. 때를 기다린다는 것은 그저 시즌오프 세일을 노리며 다 늘어나고 보풀이 핀 옷으로 버티기만을 의미하는 게 아니라는 말씀. 바로 이 말씀이다.

한때는 모두가 알랭 드 보통을 읽고 있었는데, 요즘 보통 씨는 어디서 뭘 하고 계시는지 모르겠다. 생각해보면 내

가 20대 때 열광했던 작가 중 지금도 왕성하게 활동하는 인물들은 손에 꼽힐 정도다.(언니 오빠들 다 어디 갔어?) 나도 이제 첫 책을 낸 지 10년쯤 되었다. 앞으로 10년 후, 나는 어떻게 될까?

한수희 씨, 그런 쓸데없는 생각을 할 시간에 일이나 열심히 하세요.

알랭 드 보통 지음, 정영목 옮김, 『왜 나는 너를 사랑하는가』(청미래)
마크 웹 감독, 〈500일의 썸머〉

오늘이라는 찬란한 순간

1년 동안 세 남자에게 연달아 차인 후 비운의 여주인공 코스프레를 하고 다니던 적이 있었다. 나는 내 모습이 대충 영화 〈만추〉에 나온 탕웨이처럼 우수 어리고 분위기 있는 여인처럼 보일 거라고 상상했지만, 가끔 쇼윈도에 비친 나를 보면 얼굴은 테러범, 몸은 노숙자 같았다.

구로역 앞에서 비운의 여주인공 모드로 친구를 기다리던 어느 날, 나는 저 멀리서 나를 향해 걸어오는 키 큰 남자를 발견하게 된다. 그의 외모는 썩 괜찮았고, 나는 드디어 내 슬픔을 알아보는 귀인이 나타났다는 설렘에, 그가 내 앞으로 다가와 입을 열기까지 5초 남짓한 시간 동안 가슴이 터져버릴 것만 같았다. 그가 당당하게 말을 걸었다.

"복이 있는데 그 복을 모르시네요."

가끔 길에서 혼자 열심히 떠드는 사람들을 목격할 때가 있다. 휴대전화의 핸즈프리 이어폰이나 에어팟이 상용화되기 전에는 당연히 미친 사람이라고 생각했다. 요즘은 '헉!' 하고 놀라다가 귀에 꽂힌 이어폰을 발견하고는 '아…' 하고 안도하곤 한다(길에서 이어폰을 꽂고 신나게 통화하는 사람들은 가끔 자신이 남들에게 어떤 불안감을 안길지 생각 좀 해봤으면 좋겠다).

반대로 '통화 중일 거야'라고 생각했던 사람이 이어폰을 꽂지 않고 있을 때도 있다. 그들의 말을 훔쳐 들어보면 내용은 제각기 다를지언정 톤은 비슷하다. '억울하다' '분하다' '아무도 내 말을 들어주지 않는다' '그 인간을 가만두지 않겠다' 기타 등등. 저 사람들은 어쩌다 저 지경에 이른 걸까? 무엇이 저들을 보이지도 않는 상대와 대화하게 만들었을까? 대체 저들이 얼굴을 맞대고 억울함을 토로하고 싶은 사람은 누구일까?

팔순이 다 된 나이에도 성실한 공장장처럼 거의 매해 영화를 찍어내는 우디 앨런의 〈블루 재스민〉 속 재스민이 바로 '길에서 혼자 떠드는 여자'다. 이 여자는 샤넬과 에르메스, 루이뷔통으로 온몸을 감싼 채 종종 정신줄을 놓고서 고급 영어로 헛소리를 한다.

사연은 이렇다. 재스민, 아니 재닛이라는 평범한 본명을 가진 이 여자는 입양아로 자라 대학에서 인류학을 전공하던 중, 아홉 살 연상의 잘생긴 부자 이혼남과 사랑에 빠져 결혼을 했다. 남자는 재스민에게 뉴욕 파크 애비뉴에 있는 고급 아파트와 해변의 별장, 온갖 명품과 보석, 파티 같은 상류층 생활을 만끽하게 해준다. 그러나 가난한 사람들을 도와야 한다며 노블레스 오블리주의 실천에도 열심이던 남편은 알고 보니 금융 사기꾼에, 주위 모든 여자들과 바람을 피우는 천하의 호색한이었다. 남편은 구속된 후 감옥에서 자살하고, 그녀의 화려했던 삶은 흔적도 없이 사라진다. 재스민에게 남은 건 빚과 명품 옷 몇 벌, 그것들을 담을 루이뷔통 백, 그리고 과거에 대한 지독한 회한뿐이다.

땡전 한 푼 없는 처지의 재스민은 마트 계산원으로 일하는 여동생 진저의 집에 얹혀살면서도 진저 패거리와 자신은 한마디로 '급이 다르다'고 생각한다. 폼 안 나는 단순노동 같은 건 할 수 없다며, 무슨 공부가 될지는 모르겠지만 아무튼 공부를 계속하겠다는 거다. 그러다 운 좋게 장차 정계에 진출할 꿈을 품고 있는 홀아비 공무원을 잡게 된 재스민은 이름도, 직업도, 전 남편의 범죄 사실도 거짓으로 꾸며내 그에게 프러포즈까지 받아낸다. 이제 그녀는 계획도 없이 하루하루를 그냥 저냥 보내는 진저에게 자기처럼 앞일을 생각하며 열심히 살라는 훈계까지 하기에 이른다.

영화를 보는 내내 느낀 것은 재스민이 쫄딱 망한 후 정신이 나간 여자치고는 너무 바쁘다는 것이었다. 그렇게 엄청난 일을 겪었다면 얼마간은 아무것도 하지 않아도 좋을 텐데, 그녀는 보다 나은 미래를 위해 공부를 하고, 생계를 위해 일하고, 새로운 남자를 만나 신분 복귀를 꿈꾸는 틈틈이 과거의 블랙홀에 빠져 헛소리를 하느라 잠시도 쉬지 않는다.

내게 있는지도 몰랐던 '복'을 낯선 남자에게 간파당했던 그즈음, 출근길에 2호선 신림역으로 뛰어들어갈 때마다 계단 청소를 하는 발달장애인 청년을 마주쳤었다. 그 청년은 단 하루도, 한 차례도 웃고 있지 않은 적이 없었는데, 어느 날 문득 그를 보면서 가슴이 뻐근해졌다. 잰 뭐가 저렇게 행복할까. 난 이렇게 불행한데. 잰 정말 좋겠다. 매일 매일 행복해서. 어쩌면 그 청년에게는 과거에 대한 회한도, 미래에 대한 불안도 없었는지도 모른다. 그에게는 오로지 현재뿐이었을지도 모른다.

재스민은 과거에 산다. 또는 미래에 산다. 재스민에게 현재는 없다. 그래서 그렇게 바쁜 것이다. 그녀는 교육을 받지 못해서, 머리가 좋지 않아서, 멍청한 선택만 해서 현재에만 머물 수밖에 없는 여동생 진저와 그 패거리들을 경멸하지만, 그럼에도 사랑하는 남자와 시시덕거릴 수 있는 진저의 현재가 재스민의 것보다는 훨씬 행복해 보인다.

영화 〈멋진 하루〉의 주인공 희수는 첫 장면부터 마지막 장면이 나오기 전까지 단 한 번도 웃지 않는다. 빌려준 돈 350만 원을 받아내기 위해 독한 마음을 먹고 전 남자친구를 찾아 나섰기 때문이다. 350만 원이 없어 당장 굶어 죽을 지경은 아니었을 것이다. 그것은 잘나가다가 하루아침에 실업자가 된 애인과 헤어진 후 인생을 망쳤다는 생각이 든 여자가 할 수 있는 일종의 살풀이였을 것이다.

그런데 그녀의 돈 350만 원과 함께 종적을 감췄던 전

남친, 병운이라는 인물이야말로 압권이다. 사업은 말아먹고 집도 절도 없이 가방 하나 들고 경마장에서 도박을 하며 허송세월을 하는 이 남자는 속도 없고 배알도 없는 게 분명하다. 느닷없이 나타난 옛 여자친구가 당장 돈을 내놓으라고 달려들자 여기저기 전화를 걸어 10만 원씩, 40만 원씩 돈을 꿔서 갚겠다는 이해 안 되는 작태나, 어떤 모욕을 당해도 싱글거리며 기죽지 않는 뻔뻔함을 봐도 그렇다.

병운은 빌린 돈을 또 빌려서 막고, 어려운 친구에게 돈까지 빌려주는 자신을 한심하게 보는 희수에게 "돈 빌리는 게 뭐 어때? 없으면 빌리고 생기면 갚고 내가 있으면 도와주고 그게 바로 사람 사는 맛이지" "좋게 생각하면 좋은 거고, 나쁘게 생각하면 한없이 나쁜 거야"라는 말을 쉽게 하고 또, 실제로 그렇게 사는 남자다. 한심하긴 해도 미워할 수는 없는 것이다.

"내가 좀 힘들 때가 있었는데, 그때 꿈에 효도르가 나와서 한국말로 그러는 거야. 너 괜찮아? 너 정말 괜찮아? 그러는데 이상하게 그 말을 들으니까 마음이 편해지더라고."

답 없는 남자를 버리고 잘나가는 새 남자를 만나 안정된 인생을 꿈꿨건만 결국 낙동강 오리알이 된 희수. 수년 전에 빌려준 돈 350만 원을 받아내겠노라며 이를 꽉 깨물었던 희수. 도둑맞을까봐 차에서 타고 내릴 때마다 내비게이션을 붙였다 떼던 희수. 그녀는 어느 순간 내비게이션을 떼지 않고 차에서 내리고, 멍하니 앉아 볕을 쬐는 오토바이족들 옆에서 담배를 나눠 피운다. 그것은 미간을 찌푸린 채 이를 악물고 인생의 계단을 하나씩 밟아 올라가다 미끄러진 희수가 미처 발견하지 못했던 세상이었다.

언젠가 화가 노은님의 『내 짐은 내 날개다』라는 책을 읽은 적이 있다. 아이가 그린 것처럼 순수하고 생명력이 넘치는 그림을 그리던 그는 『벽암록』이라는 오래된 책에 나오는 문장들을 옮겨 썼고, 나는 그 문장들에 밑줄을 그었다.

> 내 인생에서 가장 행복한 날은 언제인가? 바로 오늘이다. 내 삶에서 절정의 날은 언제인가? 바로 오늘이다. 내 생애에서 가장 귀중한 날은 언제인가? 바로 오늘, '지금 여기'다. 어제는 지나간 오늘이요, 내일은 다가오는 오늘이다. 그러

므로 오늘 하루하루를 이 삶의 전부로 느끼며 살아야 한다.

병운이나 진저가 『벽암록』을 읽었을까? 아마 안 읽었을 것이다. 어떤 사람은 그냥 그렇게 태어난다. 부럽다.

과거를 잊는다는 것, 과거에서 자유로워진다는 것은 쉬운 일이 아니다. 미래에 대한 두려움 역시 마찬가지다. 스님들이 권하는 대로 가부좌를 틀고 3분만 앉아 있어도 온갖 잡생각이 스팸 문자처럼 빗발친다. 양치질을 할 때도, 설거지를 할 때도, 걸을 때도 마음은 잠시도 가만히 있지 못한다. 그런 식으로 우리는 현재를 날려버린다. 이미 지나가버린 과거와, 올지 안 올지도 모를 미래를 위해.

그러고 보면 구로역 앞에서 내게 다가왔던 그 키 큰 남자는, 어쩌면 그가 말한 대로 나도 몰랐던 내 복을 찾아주기 위해 운명이 보낸 전령 같은 것이 아니었을까? 손발이 오그라들 것 같지만, 10년쯤 지나 다시 돌이켜보니 그 좋은 나이에 왜 그러고 살았을까 후회가 돼서 하는 말이다. 스물다섯의 나이에 내가 품고 있던 복. 아직 늘어지지 않은 피부, 귀엽다고 넘어가줄 만한 뱃살, 고로 더 많이, 그리고 더 자주 비키니를 입을 수 있었을 기회들, 누군가에게 추파를 던지고 또 추파를 받을 수 있었을 기회들. 과거에 사로잡히지 않고, 미래에 목을 매지도 않은 채 '지금', '여기'라는 복을 즐길 수 있었더라면. 내가 꿈꾸는 이상적인 나의 모습에 도달하기 위해 발버둥을 치느니, 못난 나라도 편안하게 받아들일 수 있었더라면 얼마나 좋았을까?

우리가 '나는 아무 잘못도 없는데, 착하게 살았는데, 최선을 다했는데 왜 이런 꼴을 당해야 하는지 모르겠다'며 내 인생을 망친 장본인을 찾아 종종걸음을 칠 때도, 인생의 가장 아름다운 순간들은 그저 담담히 흘러가고 있다. 우리가 발견해주기만을 바라면서, 우리가 그 순간에 머물러주기를 기대하면서.

그러니 어깨에 힘을 좀 빼보자. 배를 내밀고 건달처럼 어슬렁대보자. 휴대전화도, 책도 없이 그저 멍하니 앉아 별을 쬐어보자. 게을러지자. 세상이 얼마나 천천히 돌아가고 있는지, 그리고 그 세상이 얼마나 위대한 경이로 가득 차 있는지 느껴보자. 허릿단 위로 접히는 뱃살이 더 튀어나올 것이 신경 쓰이지만, 과감하게 오늘 먹고 싶은 치킨을 내일로 미루지 말자. 허릿단은 과거고, 뱃살은 미래, 치킨이야말로 현재니까.

아마도 10년 전쯤 썼을 이 글을 다시 읽으면서 깜짝 놀랐다. 왜 이렇게 올드하단 말인가. 핸즈프리 이어폰에서 한 번 놀라고(핸즈프리라니, 정말 오랜만에 들어본다) 뒤로 갈수록 아아 어쩌면 좋지… 하고 망연자실했다. 그러나 어쩔 수 없지. 10년 전의 촌스러운 사진을 굳이 보정하지 않는 착잡한 기분으로, 그대로 두기로 한다. 그리고 나는 지금도 줄이 달린 이어폰을 쓰고, 여전히 (뱃살을 출렁이며) 비키니를 입는다. 박나래 씨의 말대로 비키니도 기세, 인생도 기세인 것이다.

우디 앨런 감독, 〈블루 재스민〉
이윤기 감독, 〈멋진 하루〉

내 침대 밑 블랙홀

스물네 살에 나는 인도로 떠났다. 1990년대 말과 2000년대 초, 자유 좀 누린다고 자부하는 젊은이라면 누구나 인도로 가야 했기 때문이다. 그러나 당시 유행하던 감상과 허풍 일색의 인도 기행문에 감동받은 건 아니었다. 그런 건 원래부터 질색이었다. 나는 그저 전혀 다른 세계에서 누구의 시선도 의식하지 않고 자유로워지고 싶었다.(결국 똑같았군.)

이런 마당에 내 자유를 구속하는 패키지여행 따위가 눈에 찰 리 없었다. 나는 2개월 유효 왕복 항공권 한 장만 들고 혼자서 떠나기로 결정했다. 별다른 계획도, 정해놓은 숙소도 없었다. 역시 자유인다웠다. 출발하는 날, 꽉꽉 채운 50리터짜리 등산용 배낭을 등에 짊어진 것으로도 모자라 책가방 하나를 역시 빈틈없이 채워 앞으로 맸다. 한 발 내딛는 순간 갑자기 모든 걸 포기하고 싶어졌다. 바람 같은 여행자는커녕, 앞으로 고꾸라지지도 뒤로 자빠지지도 못하는 오뚝이가 되어 나는 비행기에 올랐다.

지금 생각해보면 대체 그 큰 배낭 안에 뭘 그리 채워 넣었는지 의아할 정도다. 기억을 더듬어보니 미숫가루가 있었던 것 같다. 인도 음식이 입에 맞지 않거나 비위생적인 수돗물을 마셔서 배탈이 났을 때 입에 풀칠이라도 하기 위해서는 꼭 챙겨야 한다고 누군가가 조언했다. 나는 굶어 죽지 않기 위해 지난 10년간 단 한 번도 입에 댄 적 없는 미숫가루를 한 봉지 가득 담았다. 결국 다 버리고 왔지만.

또 뭐가 있었지? 아, 호신용 호루라기가 있었다. 여행자 사이에서 떠도는 괴담 중에, 인도에 다녀온 누군가가 만난 누군가가 만난 또 다른 누군가가 한 시골 마을에서 양팔과 양다리가 잘린 채 구걸하는 한국 여행자를 봤다는 거였다. 진위는 확인할 수 없었지만 아직 창창한 나이에 사지가 절단되고 싶지는 않았기에 호루라기를 챙겼다.(하지만 호루라기를 꺼내 입에 물고 불 시간에 차라리 소리를 꽥 지르는 게 빠르지 않을까, 하는 생각도 들었다.)

그리고 쇠사슬과 자물쇠도 있었다. 기차에 탔을 때 도둑맞지 않기 위해서는 쇠사슬로 배낭을 의자 기둥에 꽁꽁 묶어둬야 한다는 거였다. 이 무겁고 쓸모없는 것들로 가득 찬 배낭을 누가 가져갈지 의심스럽기는 했지만, 처음에는 정말 열심히 묶었다. 하지만 여행이 절반쯤 지나자 가져갈 테면 가져가라는 심정으로 아무렇게나 내던져 두었다. 다행히 인도인들에게도 내 배낭이 별로 매력적으로 보이지는 않은 것 같았다.

때수건도 있었지. 역시 한민족은 피부를 한 꺼풀 벗겨내야 씻은 것 같은 기분이 드니까. 하지만 대개 들통에 담긴 물을 바가지로 떠서 몸에 붓는 걸 샤워라고 하는 인도의 열악한 게스트하우스 사정상 이걸 쓸 일은 딱 한 번, 내 수준에는 기절초풍하게 비싼 숙소에 묵었을 때뿐이었다.

그 외에도 입고 다니다가 언제든 호기롭게 쓰레기통에 던져넣어도 좋을 낡고 유행 지난 옷들만 잔뜩 쑤셔넣었다. 그러나 인도에서 파는 옷들이 내 우람한 몸뚱이에는 가당치도 않게 작았기 때문에 결국 귀국할 때도 그 쓰레기를 몸에 걸치고 돌아올 수밖에 없었다. 당연히 내 몰골은 세관 직원들의 의심을 샀고, 그들은 냄새나는 옷가지와 구역질 나는 양말과 조잡한 기념품으로 터지기 직전인 내 배낭을 열어 마리화나 비슷한 것이 없는지 샅샅이 뒤졌다.

또 두 달간 매일 먹었지만 조금도 효과를 보지 못한 지사제와 각종 상비약이 있었고, 인도 생리대는 거의 기저귀 수준이라는 말을 듣고 미리 장만한 엄청난 부피의 생리대도 있었다. 아, 그리고 잘난 척하느라 집어넣은 장 보드리야르의『시뮬라르크와 시뮬라시옹』이라는 책도 있었다. 한글로 쓰였음에도 거의 단 한 줄도 이해할 수 없었기에 읽을 때마다 박박 찢어 먹어버리고 싶은 짜증이 솟구쳤는데, 이거라도 없으면 읽을 책은 한영사전뿐이었으니 그럴 수도 없었다. 결국 나는 첸나이Chennai의 한 서점에 갔다가 무료한 밤 시간을 달래기 딱 좋은 인도 고전 한 권을 발견해 당장 구입했다. 생생한 컬러 삽화로 가득 찬『카마수트라』포켓북이었다. 이 책을 읽다가 지치면 가방을 풀었다 싸기를 잠이 올 때까지 반복했다.

그리고… 여기까지 얘기했으니 더이상은 미룰 수 없다. 내 배낭 속에서 가장 인상적이고, 이번 여행의 주목적과도 일치하면서, 자유인의 필수품인 물건은 따로 있었다.

바로 콘돔이다.

이해해주기 바란다. 난 스물넷이었고, 겁날 게 없는 나이였다. 그러나 동시에 두려움에 사로잡혀 있었다. 내가 직장을 가질 수 있을까? 저축을 할 수 있을까? 결혼을 할 수 있을까? 집을 살 수 있을까? 차를 운전할 수 있을까? 절박했다. 대학 졸업반이었지만 앞날은 막막했다. 더 큰 문제는 내가 뭘 원하는지도 몰랐다는 데 있었다.

돈의 노예가 되지 않겠노라고 큰소리를 떵떵 쳤지만, 사실은 갖고 싶은 게 너무 많았다. 당장 월세라도 제때 내려면 무슨 짓이라도 해야 했다. 그러나 나는 똑똑한 친구들처럼 차근차근 미래를 준비하는 대신, 잡히지 않는 무언가를 잡지 못해 언제나 발버둥만 쳤다. 그러다가 마지막 베팅을 하기로 결심했다. 인도에 가기로 한 것이다. 배낭 구석에 콘돔을 숨긴 채로.(어째 결론이 이상하다.)

나는 내 인생을 명확하게 해줄 누군가를 만나기 위해 인도로 갔다. 그게 누구인지는 나도 모른다. 그래도 아련한 밑그림은 있었다. 비웃지 마시라. 건강하게 그을린 구릿빛 피부에, 소년 같기도 하고 남자 같기도 한 턱선, 호리호리하면서도 단단한 체격과, 유쾌하고, 낙천적이고, 자유를 사랑하고, 책임감도 있고, 남자답고, 세계를 떠돌며 살지만 알고 보면 엄청난 유산 상속자라서 앞날 따위는 걱정할 필요가 없는, 그런 남자를 만나기 위해 난 인도로 갔다. 그가 암울한 내 앞날의 먹구름을 걷어내주길 바랐다. 나를 구원해주길 바랐다. 그런 남자를 만나 불타는 사랑에 빠져 허우적대다가 재빨리 결혼해서 앞날 걱정과 bye-bye 하는 게 나의 솔직한 바람이었다. 그러기 위해서는 콘돔이 필요했다. 나는 준비성이 뛰어난 인간이니까.(그런 내가 왜 『시뮬라르크와 시뮬라시옹』 같은 책을 가져갔는지 모르겠다.) 그리고 나는 인도에서 다섯 명의 남자를 만나게 된다.

1

고아Goa 해변에서 산책을 하는데 터번을 쓴 중년 남자가 다가왔다. 그는 어디에서 왔느냐, 혼자서 왔느냐 등등을 물으며 호구 조사를 하더니, 스스로 엄청 매력적이라고 느끼는 것 같은 미소를 지으며 물었다. "내가 묵는 호텔에 놀러 오지 않을래?" 나는 경찰이 없는지 주변을 둘러봤다. 내가 싫다고 하자 그는 어깨를 한 번 으쓱한 후 가버렸다. 내가 허락하든 하지 않든 별 상관없는 것 같았다.

2

그를 처음 만난 건 인도의 티베트 난민촌 빌라쿠페Bylakuppe로 가는 버스 안에서였다. 그는 내 옆자리에 앉은 40대의 핸섬한 티베트 스님이었다. 우리나라 음식과 비슷한 티베트 음식에 관한 몇 마디 대화가 오간 후에 그는 "우리 집에서 묵어도 좋아요"라고 말했다. 내가 의심스러운 눈초리로 스님을 훑어보자 그가 쐐기를 박았다. "우리 집에 가면 티베트식 만두도 있고, 수제비도 있어요." 즉시 그를 따라가기로 결정했다.

그는 티베트 승가 대학의 교수였다. 제자 몇 명과 함께 살고 있는 그의 집에 짐을 풀자 그때부터 지옥의 음식 공세가 시작됐다. 그는 끼니마다 한 상 가득 음식을 차린 후 나를 꾀어냈다. 맛있고, 푸짐하고, 고맙고, 다 좋았다. 하지만 이 모든 게 공짜 친절이라는 사실이 부담스러워 미칠 지경이었다.

손 하나 까딱 못하게 하는 그와 제자들 덕분에 나는 하루 세 번씩 TV 요리 프로그램의 출연자들처럼 복스럽게 먹으면서 억지웃음을 띠고 감탄사를 연발해야 했다. 남기지 않고 다 먹어야 한다는 사명감에 하루의 절반은 화장실에서 먹은 걸 재확인하면서 보냈다. 나중에는 이

스님이 생면부지의 외국인 여행자를 이토록 극진하게 대접하는 진의가 궁금해졌다. 혹시 나를 뒤룩뒤룩 살찌워서 잡아먹으려는 건가? 아니면 산 채로 제물을 바치는 풍습이 있나?

며칠 후, 내가 여기 사는 스님들은 어떻게 공부를 하고 가계를 꾸리는지 질문했을 때였다. 스님은 이렇게 답했다. "외국의 친구들에게서 후원을 받습니다."

아, 그거였구나. 이런 대접을 받다가 돌아갈 때 후원금을 내놓으라는 의미였구나. 갑자기 스님의 해맑은 얼굴이 장사꾼처럼 닳고 닳아 보였다. 기분이 상한 나는 다음 날 떠나겠다고 통보했고, 그 말을 들은 스님의 얼굴은 어두워졌다. "곧 달라이 라마가 오시는데… 보고 가면 정말 좋을 텐데." 나는 그의 말을 무시했다. 빠듯한 경비로 여행하는 내게 후원금으로 낼 만큼의 돈은 없었다. 그래도 며칠 동안 재워주고 먹여주고 관광까지 시켜준 사례금은 남기고 가야 할 것 같아서 밤새 고민했지만, 떠나기 직전 생각을 바꿨다. 그래, 돈에 눈이 먼 거다. 됐어, 누가 이렇게까지 해달라고 그랬나? 이 돈이면 앞으로의 여행에 엄청나게 보탬이 될 텐데, 그냥 눈 딱 감고 얼굴에 철판 깔자.

굳이 배웅을 나온 스님과 함께 버스 정류장 근처까지

왔을 때였다. 내가 타야 할 버스가 떠나려 하고 있었다. 나는 미친 듯이 뛰었다. 더이상 스님과 함께 있고 싶지 않았다. 후원금을 떠나 그의 거듭되는 친절 세례에 난 이미 지칠 대로 지쳤다. 내가 살던 곳에서는 사람들이 이유 없는 친절을 베풀지 않았다. 낯선 사람에게 스스럼없이 자기 집 방 한 칸을 내놓는 일도 없다. 심지어 사정 딱한 친구가 오래 빌붙는 것조차 짜증스럽다. 우리는 상대가 너무 가까이 다가오면 지레 겁을 먹는다. 뭔가가 필요할 때는 이웃의 대가 없는 친절을 기대하기보다 돈을 내고 서비스를 받는 게 더 편하다. 내 몸과 마음은 적당한 거리를 유지하는 관계에 익숙해져 있었다. 이 사람이 내게 뭘 원하는 거지? 아, 후원금!

버스가 섰다. 급히 올라타려 하는 나를 스님이 붙잡았다. 그러고는 소매 주머니에서 무언가를 주섬주섬 꺼냈다. 성질이 확 났다. 원치 않는 친절은 상대를 괴롭히는 짓이나 다름없다고요, 스님. "저도 차비는 있어요, 됐어요." 그러자 그가 단호한 표정으로 고개를 젓더니 소매 춤에서 꺼낸 것을 내 목에 걸어주었다. 그것은 티베트 사람들이 귀한 손님의 목에 걸어주는 흰 스카프였다. 나는 부끄러움과 감동이 뒤범벅되어 울 것 같은 표정으로 "우어어어!" 하고 해석할 수 없는 소리를 지른 후 그에게 떠밀려 버스에 올랐다.

3

인도 최남단 카니아쿠마리Kanyakumari에서였다. 혼자 바다에 나와 성수로 목욕을 하는 인도인들을 구경하고 있는데, 누군가의 뜨거운 시선이 느껴졌다. 고개를 돌리니 한 남자가 이글이글 불타는 눈빛으로 나를 바라보고 있었다. 풀어진 동공에 대충 꿰어 입은 바지춤. 동네 바보 아니면 변태라는 만국 공통의 표식.

나는 의식하지 않는 척하면서 자리를 피했다. 그러자 그 남자가 갑자기 나를 쫓아오기 시작했다. 변태였다! 무서웠다. 나는 좁은 시장통을 따라 빠른 걸음으로 걸으며 중간중간 고개를 돌려 뒤를 확인했다. 역시 그는 나를 쫓아오고 있었다! 나는 뛰듯이 시장을 빠져나왔다. 그도 흘러내리려는 바지춤을 잡고 뛰었다. 천만다행으로 그때 눈앞에 택시 한 대가 나타났다. 나는 서둘러 택시에 올라탔다. 창밖에 선 그가 닭 쫓던 개 같은 표정을 지었다. 바지춤을 잡고서.

4

그 남자는 코발람Kovalam 해변 가까이 있는 식당의 웨이터였다. 검은 피부에 살집이 있고 콧수염을 기른 전형적인 인도 남부 남자로, 서른 살은 족히 넘어 보였다. 어쩌면 결혼을 했을지도 몰랐다. 그는 다른 인도 아저씨들과는 달랐다. 매너 있고 친절했으며, 적당히 수줍어할 줄 알았고, 수준 높은 영어를 구사했다. 대놓고 들이대거나, '나 섹시하지?' 식의 추파를 보내지도 않았다. 그래서 나는 하루에 한 번 식당에서 점심을 먹을 때마다, 이 남자에게 손님과 종업원 사이에서나 오갈 수 있는 호의를 가득 담은 미소를 보냈다. 그런데 그가 미소의 의미를 잘못 해석해버렸다.

식사가 거의 끝나 갈 때 그날따라 우물쭈물하면서 망설이는 기색이 역력하던 그가 다가와서 물었다. "저기, 오늘 밤에 우리 식당에서 파티가 있을 거예요. 혹시 올 수 있어요?" 처음에는 이 남자가 파티 홍보를 하는 거라고 생각했다. 하지만 왠지 부담스러웠다. 내가 미안하다며 거절하자 그는 엄청 실망한 표정을 지었다. 다음 날 또다시 식사를 하러 갔더니 그가 뭔가를 갈구하는 눈빛으로 나를 쳐다보았다. 나는 그에게 말했다. "내일 오전에 떠날 거예요." 그의 표정이 절망으로 바뀌었다. "정말… 아쉽네요."
"네, 그러게요. 저도 아쉬워요." 우리는 그렇게 헤어졌다.

나도 안다. 이건 피서지의 어느 식당에서나 일어날 법한 일이다. 하지만 나는 굳게 믿고 있다. 내가 파티에 참석했더라면 그 남자가 어느 순간 나를 더듬었을 거라고. 그렇게 생각하면 내게 일말의 성적 매력이라도 있었던 것 같아서 기분이 좋아진다. 그뿐이다. 누가 뭐라고 하겠는가? 그 남자랑 살아생전에 두 번 다시 만날 일이 없을 텐데.

5

퐁디셰리Pondicherry에 있는 한 중국 식당에서 볶음밥을 먹고 있을 때였다. 이 도시에 온 이유는, 근처에 있는 오로빌Auroville이라는 다국적 공동체 마을에 가기 위해서였다. 오로빌은 1960년대 말에 전 세계 각국에서 모인 사람들이 세운 커다란 숲속 마을이다. 이 마을 사람들은 함께 살고 함께 일하며 소득을 공평하게 나눈다고 한다. 그야말로 유토피아가 아닌가!

이런 곳이라면 취직이나 미래 따위는 걱정할 필요가 없을 것이다. 더불어 서울 같은 대도시의 나쁜 공기와 열악한 주거 환경을 감수하며 좀비처럼 무표정한 얼굴로 지옥철을 타고 출근해 목숨 바쳐 일하지 않아도 될 것이다. 나는 어떻게든 건수를 잡아서 이 마을에 정착하고 싶었다. 그러기 위해서는 나를 마을과 연결해줄 '다리'가 필요했다.

신이 내 미래를 축복이라도 하듯, 한 남자가 내가 앉은 테이블로 다가왔다. 긴 머리에 축구선수 안정환을 빼다 박은 잘생긴 인도 남자는 유창한 영어로 내게 물었다. "앉아도 될까요?" 내가 그를 허락한 이유는 오로지 잘생겨서였다. 그는 자신을 오로빌에 사는 조각가라고 소개했다. 그리고 내가 오로빌에 가기를 원한다면 자기 집 근처의 숙소에 묵을 수 있다고 말했다. 이게 웬 떡이냐. 난 역시 복이 많은 여자다. 드디어 인도에 온 소기의 목적을 달성한 것이다.

그러다 갑자기 의심의 구름이 뭉게뭉게 피어올랐다. 이 남자가 거짓말을 하고 있는 거라면? 어쩌면 이놈, 변태 살인마일지도 모른다. 이렇게 잘생긴 남자가 내게 접근한 것부터가 불순한 목적을 암시하는 것이다. 갈등하는 내 앞에서 그는 계속해서 눈을 찡긋거리며 같이 가자고 졸라댔다. 마음이 흔들렸다. 에라, 모르겠다. 지금이 바로 내 운명에 베팅할 때인지도 모른다. 모험을 하려거든 때를 놓쳐서는 안 되는 법이다. 나는 식당을 나가 그의 오토바이 뒤에 올라탔다. 자, 이제부터 섹시하고 화끈하고 끝내주는 새로운 인생이 시작되는 거야!

그러나 그 인생은 채 5분도 지나지 않아 끝났다. 오토바이가 숲으로 접어들던 중 커브를 돌다가 넘어졌는데, 그 아래 내가 깔리고 만 것이다. 머플러에 덴 발등의 피부가 홀라당 벗겨졌다. 자기 탓이라며 미안해 어쩔 줄 모르는 그의 앞에서 나는 애써 고통을 참았다. 우리는 일단 그의 집에 가서 응급 처치를 하기로 했다.

오토바이는 숲으로 숲으로 들어갔다. 사람의 흔적이라고는 찾을 수 없었다. 사고의 충격과 상처로 인한 고통에 더해 공포가 밀려오기 시작했다. 이제야 정신을 차린 거다. 내가 무슨 짓을 한 거지? 어쩌자고 낯선 남자의 오토바이 뒤에 매달려 여기까지 온 거지?

부모님과 내 동생이 TV에 나와 울먹이면서 우리 딸을 (혹은 팔 한 짝이라도) 찾아달라고 호소하는 장면이 스쳐지나갔다. 입안이 바싹 말랐다. 운전대를 잡은 그 역시 아무 말도 하지 않았다. 나를 어느 나무에 묶어놓을지 고민하는 모양이었다. 그때, 거짓말처럼 마을이 나타났다. 그곳이 오로빌이었다.

숲속의 커다란 나무 주위로 작은 집들이 옹기종기 모여 있었다. 마을 한가운데의 노천 식당에서 서양인들이 여유롭게 식사를 즐기고 있었다. 마치 스머프 마을처럼 평화로운 분위기였다. 여기가 바로 내가 꿈꾸던 이상적인 장소였다. 이제 좀 살 것 같았다.

그는 자기 집으로 나를 데려갔다. 주택계의 유기농과도 같은 공간이었다. 헛간 비슷한 집 안에는 공교롭게도 앉을 곳이, 매트리스밖에 없었다. 그는 갑자기 웃통을 벗고 몽환적인 트랜스 음악을 틀고는 내 손을 잡더니 눈물이 글썽한 눈으로 자신을 저주했다. "미안해. 네게 이런 상처를 입히다니. 다 내 잘못이야." 그러고는 은근슬쩍 내 어깨를 쓰다듬기 시작했다. 갑자기 몸이 통나무처럼 뻣뻣하게 굳었다. 아니, 이건 아니야. 내가 아무리 배낭에 콘돔을 챙겨 온 여자라고 한들, 이런 건 싫었다. 그제야 원나잇스탠드는 내게 그저 환상에 지나지 않는다는 걸 깨달았다. 나는 처음 만난 남자와 거리낌 없이 살을 부빌 수 있는 개방적인 여자가 아니었다.

숨이 막힐 정도로 덥고 온몸은 끈적거리고 상처는 쓰

라리고, 이 모든 상황이 짜증스럽기만 했다. 그때 다행히 도 그의 친구가 찾아와 이 어색한 상황은 종결되었다. 그는 오토바이로 나를 시내의 숙소까지 데려다주었다. 아쉬워 어쩔 줄 몰라하며 내일 점심에라도 만날 수 있느냐고 묻는 그를 등 떠밀어 보내고는 방으로 들어오자마자 나는 짐을 꾸려 도시를 떠났다. 그리고 가까운 대도시 첸나이의 종합병원으로 달려갔다. 깨끗하고 에어컨이 빵빵한 최신식 시설의 병원에서 나는 대기 시간도 없이 응급실로 안내되어 친절하고 유쾌한 의사들에게 상처를 치료받았다. 그리고 발에 붕대를 감은 채로 하루 종일 시내의 쾌적한 쇼핑몰에서 피자를 먹고 빈둥거리며 시간을 보냈다. 이제야 좀 살 것 같았다. 이게 내가 원하던 것이었다.

이게 다다. 내가 인도에서 만난 남자는 맹세코 이 다섯 명이 다였다. 어떤 근사한 로맨스도 없었고, 끝내주게 섹시한 사건도 없었다. 가져간 콘돔은 포장도 뜯지 않은 순결한 모양 그대로 나와 함께 귀국했다. 나는 새까맣게 타고 몸무게가 5킬로그램 정도 빠지고(지속적인 설사와 김치의 부재, 고행에 가까운 여행의 엄청난 효과. 다이어트를 원하는 여러분께 추천한다), 목과 팔목에 싸구려 액세서리를 주렁주렁 매단 채로 꿈에 그리던 고국으로 돌아왔다.

바로 며칠 전까지 반쯤 벌거벗은 채 맨손으로 밥을 퍼먹었다는 사실이 무색하게 나는 곧바로 수저를 사용하고, 옷을 제대로 챙겨 입고, 지하철 냉방 시스템을 당연시하는 문명인의 삶으로 돌아왔다. 마치 아무 일도 없었던 것처럼 말이다. 그리고 남들처럼 당연한 삶을 살기 시작했다. 직장에 다니고, 월급을 받고, 상사를 욕하고, 좁은 자취방에서 조금 덜 좁은 자취방으로 옮기고, 파스타를 사 먹고, 와인을 마셨다. 그리고 몇 번의 거지 같은 연애를 했다.

인도에서의 두 달은 기대와는 달리 내 삶을 바꿔놓지 못했다. 하지만 그건 그 나이 때만 할 수 있는 미친 짓이었다. 또 무모했던 여행길에 그 어떤 악재도 끼어들지 못하게 한 굳센 내 운명에게도 감사한다.

20대의 나는 세상의 진실을 모두 알고 있다고, 아니면 알 수 있을 거라고 믿었다. 이 유치한 착각 덕분에 굳이 콘돔과 함께 인도까지 날아갔던 것이다. 멋진 남자들과 불타는 밤을 보낼 기대감에 부풀어 있었지만, 나는 막상 외간 남자가 어깨라도 건드리면 불에 덴 것처럼 화들짝 놀라면서 굳어버리는 애송이에 불과했다. 내 머릿속은 쓸데없는 물건들로 가득 찬 딱 그때의 배낭 같았다. 항상 뭔가를 이뤄야 한다는 강박에 휩싸여 있었다. 당연한 짓을 하고 있으면서도 뭔가 잘못하고 있다는 생각에 불안했다. 하지 않아도 될 걱정을 사서 했고, 내가 아닌 다른 사람이 되고 싶어 기를 썼다. 지금 돌이켜보면 20대는 무언가를 이루는 시기가 아니라, 세상의 맛을 봐야 하는 시기일 뿐이었는데 말이다.

영화 〈프란시스 하〉의 주인공, 뉴욕에 사는 덩치 큰 무용수 지망생 프란시스 역시 그때의 나처럼 꿈도 사랑도 우정도 돈도, 뭐 하나 되는 일 없이 답답하기만 하다. 다들 재능이 없다고 타박해도 프란시스는 무용수의 꿈을 포기할 수 없다. 춤을 사랑하기 때문이다. 그러나 무용단의 순회공연 멤버에서 제외되고, 남자 친구와는 헤어지고, 함께 바보 같은 장난을 치고 수다를 떨고 같은 침대에서 자며 세상을 정복할 꿈을 꾸던 소울메이트 소피는 따분한 남자와 약혼을 하더니 그녀를 떠나버린다.

프란시스의 이야기는 그녀가 옮겨다니는 거처의 주소지를 따라 흘러간다. 계속해서 바뀌는 주소처럼 그녀의 삶은 불안정과 불확실 그 자체다. 뉴욕의 집세는 너무 비싸고, 어쩔 수 없이 함께 살기로 한 남자 룸메이트들은 매일 밤 새로운 여자를 데리고 오면서, 프란시스에게는 '연애 불능'이라는 형용사를 붙인다. 운명적인 사랑을 기다리지만 그런 일은 쉽게 일어나지 않고, 다른 친구들은 그녀의 괴팍한 유머 감각을 절친 소피처럼 잘 이해해주지 않는다. 급기야 처음 본 여자애에게 '나이는 든 것 같은데 이룬 건 없어 보인다'라는 말까지 들으며, 가난하고 불안한 프란시스는 어딜 가나 초대받지 못한 손님 같은 느낌을 받는다.

심지어 그녀는 파리에 다녀왔다고 자랑하는 사람들에게 자극을 받아 충동적으로 카드빚을 내어 파리행 비행기에 오르지만, 며칠 후에 무용단 대표와의 미팅이 잡혀 있어 파리에는 고작 이틀밖에 머물지 못한다. 그나마도 시차에 적응하지 못해 낮에는 잠만 자고 밤에는 혼자 썰렁한 거리만 걷다가 돌아왔다. 무용단 대표는 프란시스에게 댄서 대신 사무직을 제안하며, 안무가가 되어 자기만의 작품을 만들라고 하지만 아직은 타협하고 싶지 않다.

세상으로부터 왕따당하는 것 같은 프란시스의 그 기분, 나도 안다. 술자리에서 겉도는 것 같을 때, 그래서 눈치를 보다 먼저 가겠다고 말하며 일어섰는데 아무도 날 잡지 않을 때, 새로운 사람들을 만나보려 모임이나 파티에 큰맘 먹고 나갔는데 자기들끼리 너무 친해 보일 때, 겨우 끼어들면 다들 어색한 미소를 지으며 '이 눈치 없는 촌닭은 뭐야!' 하는 표정을 지을 때, 클럽에서 '저 정도면 괜찮겠다' 싶은 남자가 접근해오기에 한껏 들떴는데 금세 다른 여자와 나가버려 닭 쫓던 개 꼴이 되었을 때, 괜찮은 직업을 가진 멋지고 돈 많은 사람들 앞에서 위축되는 기분이 들 때, 모두가 약속이 있는 금요일 밤에 나만 혼자 쓸쓸히 집으로 돌아올 때, 생활비는 떨어져가는데 제대로 된 일자리는 안 구해질 때, 이 넓은 서울에 내 몸 하나 뉠 집 한 채 구하기 힘들다는 사실을 절감할 때, 생일이 다가오는데 아무도 축하해주지 않을 것 같은 불길한 예감이 들 때, 평생 이렇게 살다 죽을지도 모르겠다는 더 불길한 예감이 들 때.

20대의 우리는 종종 사람이고 싶은데 사람이 아닌 것 같은 기분에 휩싸이곤 한다. 내 침대가 우주의 블랙홀에 연결되어 있어서 그 위에 누우면 한없이 아득한 곳으로 꺼질 것 같은 기분. 무엇도 될 수 없고 무엇도 이룰 수 없을 것 같은 기분. 그럴 때 프란시스와 친구들이 서로에게 건넬 수 있는 위로란 고작 이런 것이다. "머리를 대고 침대에 누워봐. 그리고 한쪽 발은 바닥에 놓고. 그럼 기분이 나아져.”

20대가 바랄 수 있는 행복이란 결국 ‘확실해지는 것’인지도 모른다. 그때는 불확실한 것들 투성이였기 때문에 계시와도 같은 운명적인 사건이 일어나서 내 인생이 조금이라도 확실해지기를 간절히 바랐다. 연애든, 우정이든, 인도에 가는 것이든, 새로운 일자리를 찾는 것이든 나를 블랙홀에서 건져 올려주기만 한다면 뭐든 상관없었다. 우리의 프란시스 역시 마찬가지 심정이었을 것이다.

이제 30대가 된 나는 20대의 불안한 프란시스에게 이렇게 속삭여주고 싶다. 그 나이에는 원래 그런 거라고. 그러니까 걱정하지 말고 맘껏 부딪치라고. 그러다보면 언젠가는 세상에 자기만의 조그만 자리를 만들 수 있을 거라고.

나이가 든다고 해서 특별히 확실해지는 건 없다. 계속되는 불안함과 막막함에 맞서 싸워야 한다. 하지만 경험을 통해 알게 되는 것들이 있다. 나는 이걸 못하고 저걸 잘해. 나는 이걸 좋아하고 저걸 싫어해. ‘해야 한다’고 믿었던 것들을 하느라 급급한 대신에 내가 좋아하고 잘하는 것에 집중할 줄 알게 되는 것이다.

이제 다시 인도로 가는 배낭을 꾸린다면 나는 배낭의 대부분을 비워놓을 것이다. 미숫가루나 지사제, 호루라기의 효용 따위는 믿지 않을 것이다. 남들에게 잘난 체하기 위한 책 대신 웃기고 재미있고 가벼운 책을 몇 권 넣을 것이다. 얇은 노트 몇 권을 챙겨 그 안을 글씨로 꽉꽉 채워넣을 것이다. 작은 카메라를 가져가서 내가 본 아름다운 것들을 사진으로 담을 것이다. 배낭의 빈 공간은 인도 특산품과 수공예 장신구와 아름다운 천과 장식품 따위로 채울 것이다. 하루하루의 소박한 행복이 중요하다는 걸 이제는 알기에 내 집을 근사하게 꾸며줄 물건들을 사는 데 인색하지 않을 것이다. 예전보다 높아진 내 안목도 자리만 차지할 쓸모없는 기념품들을 집어드는 실수를 막아줄 것이다.

하지만 무엇보다 중요한 것은, 해변의 식당에 들어섰을 때 그 안의 모든 여자들이 고개를 들어 감탄과 부러움과 질투 섞인 시선으로 나를 쳐다볼 정도로 근사한 옷 몇 벌을 챙겨 가는 것이다. 사실, 그게 콘돔보다 훨씬 중요하다.

노아 바움백 감독, 〈프란시스 하〉

출근하겠습니다

요즘은 대학 1학년들도 학점 관리와 취업 준비에 여념이 없다지만, 20여 년 전만 해도 당당하게 "나 올 F야!" 하고 자랑하던 시절이 있었다. 그땐 그게 오히려 멋져 보이기까지 했다. 그런데 그때가 벌써 20년도 더 지났다니 믿어지지가 않는다. 예전에 어른들이 6.25나 보릿고개가 엊그제 같다고 할 때마다 속으로 '에이, 설마 그게 엊그제겠어' 하고 생각했던 것이 떠올라 마음이 착잡해진다. 사람은 이렇게 늙어가나보다.

아무튼 그때만 해도 '뭐, 어떻게든 되겠지'라는 분위기가 팽배해 있었다. 등록금이 아까울 정도로 실컷 놀다 4학년 2학기가 되니 그제야 현실의 압박이 KTX의 속도로 가슴에 부딪쳐왔다. 마지막 겨울방학에 이력서를 쓰고 구인 광고를 체크하느라 매일같이 자취방과 학교 컴퓨터실을 오갈 때마다(집에 컴퓨터도 없던 불우한 시절) '과연 이 세상에 내 자리가 있긴 할까?'라는 생각에 어깨가 처지던 기억이 정말로 엊그제 같기만 하다.

운이 좋았던 건지, 아니면 나빴던 건지 나는 졸업 전에 원하던 직업군의 일자리를 얻을 수 있었다. 한 달에 2주를 일하고 30만 원을 받는 패션 잡지사의 편집 보조 자리였다. 겸손한 학점에 취업과는 애초부터 담을 쌓은 학과를 졸업한 나에게는 감지덕지한 일자리였고, 그마저도 치열한 경쟁률을 뚫어야 했다.

그곳에서 내 역할은 말 그대로 '기자 언니들'을 보조하는 일이었다. 그녀들은 정말이지 눈코 뜰 새 없이 바빴다. 하루 종일 입가에 잔뜩 힘을 주고서 친절과 두려움과 설득과 아양과 협박이 섞인 섭외 전화를 돌리는 게 그들의 주 업무였다. 그 밖에도 편집장과 시안을 상의하고, 인터뷰를 하고, 촬영에 필요한 옷과 화장품을 픽업하고, 장소를 헌팅하고, 소품을 구입하고, 포토그래퍼와 스타일리스트, 메이크업 아티스트, 브랜드 홍보 담당자, 연예인 매니저 들과 미팅을 하는 업무가 이어졌다. 그러고 나면 밤을 새워 원고를 쓰고, 다 쓴 원고와 촬영한 사진을 디자인 팀에 넘기고, 몇 번씩 교정을 보고 나서야 그달의 일이 끝나는 것이다.

물론 그게 다가 아니었다. 모든 업무들 사이에는 긴장과 짜증과 초조와 피로, 그로 인한 극도의 스트레스가 청국장을 뜰 때 생기는 가늘고 질긴 실처럼 쩍쩍 들러붙어 있었다. 그래서 편집장은 뒤돌아서면 '미친년' '또라이'로 불렸고, 사무실 이곳저곳에서 속닥거리는 험담은 끝도 없었으며, 비벼야 할 상대에게는 자존심을 다쳐가며 비빈 후에 무시해도 좋을 상대들을 한없이 깔아뭉갰다. 심지어 퇴사를 안 시켜준다며 야반도주를 한 기자도 있었다.

스트레스를 풀기 위해 그들은 유행하는 옷을 사고, 읽을 시간도 없는 책들을 산더미처럼 주문했다. 세련된 식당이나 카페, 바에서 먹고 마셨으며, 택시만 타면 곯아떨어졌다. 그들의 험담을 하고픈 마음은 없다. 나 역시 훗날 정식 기자가 되었을 때 그들과 별반 다를 바 없었으니까. 대부분의 일이 그렇겠지만, 겉보기에 그럴듯해 보이는 일일수록 사람을 쥐어짤 수 있는 데까지 쥐어짜게 마련이다.

〈셉템버 이슈〉는 패션 잡지 《보그》 미국판의 9월호 제작 과정을 다룬 다큐멘터리다. 《보그》의 편집장은 〈악마는 프라다를 입는다〉의 모델이 된 바로 그 악마, 안나 윈투어다. 이 영화를 보고 있으려니 다시금 그 지옥의 소굴이 떠올랐다. 나는 패션계와 패션 잡지 업계가 아주 희한한 곳이라고 생각한다. 그곳은 분명 매력적이지만 발을 들이기는 쉽지 않다. 그 안에 자기 자리를 만들기는 더더욱 힘들고, 거기서 버티는 데는 거의 초인적인 노력과 인내가 필요하다. 재능은 말할 것도 없다. 한 잡지의 편집장을 넘어 패션계의 세계적인 유명 인사가 된 안나 윈투어와 그녀의 스태프들에게 《보그》를 만든다는 것, 패션계에서 살아남는다는 건 어떤 의미일까?

영화는 안나 윈투어의 인터뷰로 시작된다. 그녀는 예의 단발머리를 찰랑거리며, 패션계를 폄하하거나 빈정대는 사람들은 이 동네에서 소외됐거나 쿨하지 못한 사람들이라고 단언한다. 패션계에서 안나 윈투어의 위치는 상상 이상이다. 그녀는 이 세계를 감독하는 디렉터나 마찬가지다. 매년 새로운 컬렉션을 준비할 때마다 디자이너들은 앞다퉈 안나에게 조언을 구하고, 그녀는 가차 없는 독설을 던진다. 오스카 드 라 렌타, 이브 생로랑, 장 폴 고티

에의 수장들조차 이 작은 여자 앞에서는 숙제 검사를 받는 초등학생처럼 어쩔 줄 몰라 한다.

그런데 이 영화에서 가장 마음에 걸리는 건, 안나 윈투어의 독설과 찬 바람이 쌩쌩 부는 태도가 아니다. 패션계의 사치스러움과 황당할 정도의 자아도취도 아니다. 정작 내 눈에 들어오는 사람들은 안나의 밑에서 일하는《보그》의 에디터들이다. 막 헤어숍에서 나온 것처럼 반짝거리는 안나와는 달리, 에디터들은 만성 피로, 수면 부족, 소화 불량, 신경 쇠약, 공황 장애에 시달리는 것이 분명한 인상이다. 내가 10여 년 전에 목격했던 기자 언니들처럼, 그리고 그 후의 나처럼.

남들은 보조 자리라도 구하고 싶어 목을 매는 패션계의 성지에 있는 여자들이 왜 조금도 행복해 보이지 않는 걸까? 저 여자들은 크게 소리 내어 웃어본 적이 언제일까? 마음속 깊이 차오르는 만족감을 느껴본 적은 또 언제일까? 왜 저 일을 계속하고 있는 걸까?

처음 회사를 그만두기로 작정했을 때, 나는 영화감독 팀 버튼이 디즈니를 때려치우면서 했다는 생각을 수도 없이 곱씹어야 했다. '내게도 다시 친구들이 생길까?' 팀 버튼이 정말로 걱정했던 것은 수입이 없어지거나 앞날이 불안해지는 게 아니라, 자신이 이 세상에 걸맞지 않은 존재가 되어버릴지도 모른다는 것이었다고 했다.

이제껏 나를 부려먹었지만 동시에 보호해주기도 했던 직장을 떠나는 것은 세계가 무너지는 정도의 극심한 스트레스를 안긴다. 일은 우리에게 그런 의미다. 처음 입사할 때 생각한 것처럼 자발적으로 맺은 계약에 따라 내 능력을 파는 것이 아니라, 점점 나라는 존재 자체를 일에 투신하게 되는 것이다. 그러다 나는 결국 회사의 노예, 일의 노예가 되어버릴지도 모른다.

그런데 과연 회사를 떠난다고 다 좋아하는 일을 하며 살 수 있을까? 운이 좋아 그런 일을 하게 된다고 해도 결국에는 그 일마저 지긋지긋해지는 건 아닐까? 회사를 뛰쳐나가는 것만이 답일까?

> 그녀에게는 사람을 만나면 나누어주는 명함이 있다. 이것은 다른 사람들에게 그녀가 우연적인 우주에 나타났다가 곧 사라질 덧없는 의식 한 조각이 아니라 '비즈니스 유닛 시니어 매니저'라고 말해준다. 아니, 좀 더 의미 있는 관점에서 보자면, 그녀 자신에게 그 사실을 일깨워준다. 동료들이

그 직책을 근거로 나에 관하여 가정하는 것들이 나를 제어해주는 덕분에 새벽의 외로움 속에서도 과거에는 가능했지만 이제는 결코 가능하지 않은 것들을 생각하지 않게 되니 얼마나 만족스러운지.

_『일의 기쁨과 슬픔』

이럴 때 우리에게는 알랭 드 보통이 있다. 그는 우리에게 달라지라고, 달라져야 한다고 등 떠밀지 않는다. 있을지 없을지도 모르는 희망 하나 믿고 거친 세상 속으로 몸을 던지라고 무책임하게 선동하지도 않는다. 대신 그는 개미 같은 우리들의 삶에도 의미가 있음을 차근차근 조리 있게 설명한다.

사무실에서 하루가 시작되면 풀잎에 막처럼 덮인 이슬이 증발하듯이 노스탤지어가 말라버린다. 이제 인생은 신비하거나, 슬프거나, 괴롭거나, 감동적이거나, 혼란스럽거나, 우울하지 않다. 현실적인 행동을 하기 위한 실제적인 무대다.

_『일의 기쁨과 슬픔』

일은 우리에게 성취감을 안기고, 또 패배하게 한다.

타인과 관계를 맺게 하고, 산다는 것의 뼈아픈 진실에 가까이 다가가게 하기도 한다. 무엇보다 일은 우리를 현실이라는 땅에 단단히 발을 붙이게 한다.

패션 잡지의 기자 언니들이나 《보그》의 에디터들이 행복해 보이지 않았던 이유, 그리고 나 역시 행복하지 않았던 이유를 이제 알 것 같다. 그건 우리가 하는 일이 우리를 소외시켰기 때문이다. 우리가 다뤘던 것들은 그야말로 사치스럽기 짝이 없는 패션의 세계지만 그게 보통의 삶은 아니니까. 보통의 삶은, 파리 프레타포르테 컬렉션이나 뉴욕 맨해튼의 힙한 브런치 레스토랑이나 지중해 휴양지를 밥 먹듯이 드나들 수 있는 부자들의 인생과는 별 상관이 없다. 보통의 삶은 연체된 도시가스 요금이나 속 썩이는 가족, 교통체증, 올이 나간 싸구려 스타킹과 매너 없는 거래처 사람들, 그리고 이기적인 동료들에 의해 더 좌지우지된다. 그렇게 우리의 '일'과 '삶'은 극과 극으로 분리되어 있었다. 그런 식으로는 누구든 오래 버틸 수 없는 것이다.

내가 안나 윈투어를 볼 때마다 불편해지는 까닭 역시 십수 년째 바뀌지 않는 헤어스타일과 잘난 척하는 표정 때문만이 아니라, 이 여자에게는 의심이 없어 보이기 때문이다. 이것이 정말 중요한 일이 아닐 수도 있다는 의심. 여기 말고도 다른 삶이 있을지도 모른다는 의심. 이게 전부가 아닐지도 모른다는 의심. 내가 지금껏 잘못 생각하고 있었는지도 모른다는 의심. 중요한 걸 놓치고 있었는지도 모른다는 의심.

다시 〈셉템버 이슈〉의 첫 장면으로 돌아가보자. 안나 윈투어는 패션계에서 소외당한 자들, 쿨하지 못한 사람들이 이 세계를 깎아내린다고 단언했다. 나는 이렇게 뭔가를 의심 없이 확신하고 단언하는 사람을 도무지 못 믿겠다. 의심은 인간이 인간다워지는 일의 시작이다. 그런 내게 안나 윈투어는 의심 없는 로봇처럼 징그럽기만 하다.

> 우리의 일은 적어도 우리가 거기에 정신을 팔게는 해줄 것이다. 완벽에 대한 희망을 투자할 수 있는 완벽한 거품을 제공해주었을 것이다. 우리의 가없는 불안을 상대적으로 규모가 작고 성취가 가능한 몇 가지 목표로 집중시켜줄 것이다. 우리에게 뭔가를 정복했다는 느낌을 줄 것이다. 품위 있는 피로를 안겨줄 것이다. 식탁에 먹을 것을 올려 놓아줄 것이다. 더 큰 괴로움에서 벗어나 있게 해줄 것이다.
>
> _『일의 기쁨과 슬픔』

일은 생계를 해결해준다. 일은 자부심을 준다. 우리를 긴장하게 하고 앞으로 나아가게 하며, 겸손하게 하고 다양한 인간관계를 경험하게 한다. 인생의 쓴맛과 단맛을 보게 해준다. 시간이 날 때면 고개를 쳐들게 마련인 불안과 망상과 욕구불만 따위를 슬며시 눌러 잊게 해준다.

하지만 이것 역시 잊지 말아야 한다. 아무리 뭐라고 해도 일보다는 인생이다. 일의 바깥에도 삶이 있다. 직장을 그만둔다고 해서 세상이 무너지지는 않는다. 이 일이 아니더라도 나는 여전히 나다. 일이 우리를 의심이 없는 괴물로 만들고 있다는 느낌이 들 때, 또는 자신이 만든 고치 속에 스스로를 가두고 있다는 느낌이 들 때, 그때가 비로소 잠시 멈춰 서서 의심해야 하는 때인지도 모른다. 다시 말하지만, 의심이 모든 것의 시작이다.

내가 잡지계에서 일할 때도 상황은 점점 나빠지고 있었지만, 요즘의 잡지 시장은 더 암울한 것 같다. 사람들은 언제나 잡다한 읽을거리, 볼거리를 원하고, 한때는 신문과 잡지가 그 역할을 했으나 스마트폰이 등장하면서 게임은 끝나버렸다.

어쨌든 잡지 기자로 일했던 5년 가까운 시간은 지금 내가 하는 모든 일의 기반이 되어주었다. 매달 10개가 넘는 온갖 소재로 원고를 쓰던(지금 기억나는 소재는 '무술인 최배달') 하드 트레이닝의 기간이 없었더라면, 이렇게 글을 쓰며 살 수도 없었을 것이다.

알랭 드 보통 지음, 정영목 옮김, 『일의 기쁨과 슬픔』(은행나무)
R.J. 커틀러 감독, 〈셉템버 이슈〉

이 세계의 가격

어른이 된다는 건, 돈 쓰는 법을 배우는 일에 다름 없다는 생각이 들 때가 있다. 절약은 더이상 이 시대의 모토가 아니다. 어디에 돈을 쓰고, 쓰지 않는지가 나라는 인간을 말해줄 것이다. 소비주의 사회에서 소비란 살아가는 일 그 자체다.

얼마 전 이태원의 한 가방 매장에 들어갔다. 리사이클, 업사이클, 에코 디자인 등 온갖 미사여구가 붙은 그 매장 안은 가방의 원료인 트럭 덮개 천에서 나오는 것이 분명한 지독한 냄새로 가득했다. 폐기물로 만든 가방임에도 가격은 눈이 튀어나올 정도로 비싼 데다 내 눈에는 별로 예뻐 보이지도 않았는데, 점원들은 자부심 가득한 표정을 짓고 있었고 구경 온 여자들은 연신 '예쁘다!'를 연발하면서 사진을 찍어댔다. 만약 가방에 브랜드 마크가 찍혀 있지 않아도 예뻐 보일지 궁금했다. 그럼에도 '이 가방을 어깨에 메면 나도 의식 있으면서도 스타일리시하고 트렌디한 사람으로 보이겠지? 그럴 수만 있다면 30만 원쯤은 눈 딱 감고 써버릴 수 있지 않을까?'라는 생각도 들었다.

> 소비는 조심스럽고 수줍게 진행됐다. 장을 볼 때 일반 화장지 대신 무형광물질 티슈를 사고, 탄산음료를 집었다 생과일주스로 바꿔 들었다. 몇백 원 더 비싸지만 부드러운 국산콩 두부를 먹고, 호기심에 일반 생리대보다 두 배는 비싼 유기농 소재의 패드를 써보기도 했다. 처음에는 좀 죄책감이 들었다. 생필품을 절약하지 않으면 돈 모으기가 힘든데, 씀씀이가 커 눈만 높아진 게 아닌가 싶어서였다. 하지만 변기에 앉아 화장지를 끊을 때마다, 부드러운 두부 조직이 식도를 건드릴 때마다 전에 없던 설렘과 만족이 찾아왔다. 그리고 만약 그런 '기분'도 구매할 수 있는 거라면 그걸 '계속하고' 싶다고 생각했다.
>
> _「큐티클」

김애란의 소설집 『비행운』에 실린 단편 「큐티클」 속

의 여자는 지방 출신으로 서울에서 자취를 한다. 고향을 떠나 의지할 데 없는 곳에서 혼자 살아간다는 것은 제로에서부터 시작한다는 의미다. 이부자리부터 숟가락까지 모든 것을 새로 사야 한다. 이제 여자는 소비를 통해 새로운 삶을 만들어나간다.

늘 부족했던 살림은 직장을 구하고 월급이 오르면서 조금씩 볕이 든다. 대출을 받아 요 하나 깔면 꽉 차는 비좁은 방에서, 요를 펼쳐도 한참 남는 크기의 방으로 이사를 하는 신분 상승도 이루었다. 삶의 질이 높아진다는 게 이런 것일까? 구매하는 물건들의 등급이 한 단계씩 높아지고, 그만큼의 금액을 더 지불하는 삶. 그렇게 그녀는 조금씩 소비하는 삶에 익숙해진다.

월급날에 대한 확신과 기대는 조금 더 예쁜 것, 조금 더 세련된 것, 조금 더 안전한 것에 대한 관심을 부추겼다. 그러니까 딱 한 뼘만… 9센티미터만큼이라도 삶의 질이 향상되길 바랐다. 그런데 이상한 건 그 많은 물건 중 내게 '딱 맞는 한 뼘'은 없었다는 거다. 모든 건 늘 반 뼘 모자라거나 한 뼘 초과됐다. 본디 이 세계의 가격은 욕망의 크기와 딱 맞게 매겨지지 않았다는 듯. 아직 젊고, 벌 날이 많다는 근거 없는 낙관으로 나는 늘 한 뼘 더 초과되는 쪽을 택했다. 그리고 그럴 자격이 있다고 생각했다.

_「큐티클」

나로 말하자면 전형적인 돈 개념이 없는 여자다. 나이 서른이 훌쩍 넘어서도 단리와 복리의 차이를 제대로 이해하지 못한다. 심지어 충동구매도 아주 잘한다. 지갑을 열어 무분별하게 발급된 신용카드를 도도하게 내밀 때마다 내 자존감의 그래프는 급격한 상승 곡선을 그린다. 쇼핑백을 주렁주렁 매달고 집으로 돌아오는 길에는 아카데미 여우주연상이라도 수상한 것처럼 가슴이 벅차오른다. 오늘의 전리품들을 방바닥에 죽 늘어놓은 채 나의 안목을 칭찬하고 이렇게 완벽한 물건과 만날 수 있었던 행운을 천지신명께 감사드린다.

그 대가로 다음 달 카드 대금 고지서에는 아프리카 작은 마을에 사는 아이의 1년 점심값과 비슷한 액수가 찍히고, 지난달에 그리도 완벽해 보였던 나의 선택은 한 달 만에 늘어지고 보풀이 핀 채 옷장 구석을 칙칙한 색으로 물들인다. 이렇게 될 줄 알았더라면 아프리카 아이들이나 배불리 먹일걸.

지금껏 내 쇼핑 습관은 그런 악순환의 반복이었다. 결국 몇 년 동안 모은 천만 원이 흔적도 없이 사라지고 난 후에야 깨달았다. 나의 돈 쓰는 방법에 뭔가 문제가 있다는 사실을. 생각해보니 지금껏 집에서도, 학교에서도, TV에서도 다들 돈 불리는 법이나 돈을 아끼는 법에 대해서만 얘기했지, 어떻게 돈을 써야 하는지에 대해서는 알려준 적이 없었다. 돈이 줄줄 새어나가는데도 나는 무엇으로 어디를 어떻게 막아야 좋을지 몰랐다.

예전에 블로그에 이런 이야기를 썼더니 꽤 많은 여자들이 그 글에 비공개로 댓글을 남겼다. 나에게만 절실한 문제가 아니었던 거다. 누군가는 두어 평 남짓한 자취방에 살면서도 부유하고 세련된 이들의 틈에 껴 주말마다 호사스러운 브런치를 즐겼다고 고백했다. 그 모임의 일원이 되었다는 소속감이 브런치 비용만큼이나 컸기 때문이었단다. 그런데 다른 사람들이 좋은 일에 기부하자고 제안한 금액이 자신의 한 달 식비에 맞먹는다는 사실을 알았을 때, 간이 떨렸다고 했다. 또 다른 누군가는 회사를 그만두고 싶어도 스타벅스에서 커피를 주문하면서 조각 케이크를 추가하는 일조차 망설이게 될까봐 두렵다고 털어

놓기도 했다.

소비는 우리를 '어떤 사람'으로 만들어주었다. 쿨한 사람, 의식 있는 사람, 트렌디한 사람, 잘나가는 사람, 괜찮은 사람, 멋진 사람. 자신이 원하는 사람이 되기 위해선 돈을 써야 했다. 돈을 쓰지 못하면 별 볼 일 없는 사람이 되었다.

「큐티클」의 여자는 오랜만에 만난 선배의 깨끗하게 관리된 손톱에 자극받아 난생처음 네일숍에 들어간다. 지방 출신으로 뿌리 깊은 금욕주의를 떨치지 못하던 그녀에게 지금껏 네일숍은 소비의 마지노선 같은 곳이었다. 자기 손 하나 직접 관리하지 않는 게으름과 낭비의 상징. 그런데 선배처럼 프로페셔널하고 청결한 여자가 되기 위해 들어간 네일숍 안에서는 그녀야말로 게으른 여자였다. 손톱 하나 깨끗하게 관리하지 못하고 방치하는 게으른 여자 말이다.

> '손'이 아니라 '손의 세부'를 만져주는 손길. 엷은 졸음이 몰려오며 어느 순간 '나는 케어받고 싶다. 나는 관리받고 싶다. 누군가 나를 이렇게 영원히 보살펴주었으면 좋겠다, 어

린아이처럼' 하고 고해하고 싶은 충동이 일었다. 누군가 나를 오랫동안 정성스럽게 만져주고 꾸며주고 아껴주자 나는 아주 조그마해지는 것 같았고, 그렇게 안락한 세계에서 바짝 오그라든 채 잠들고 싶어졌다.

_「큐티클」

소비는 우리를 보살펴준다. 돈을 쓰면 우리는 얼마든지 안락하고 안전해질 수 있다. 소비 사회에서 돈을 쓰지 않는다는 건 불편해지고 불안해지는 일인 동시에 이방인, 열외 인간이 된다는 것을 뜻한다. 돈을 아끼기 위해 친구들과의 술자리에 나가지 않고, 도시락을 싸 갖고 다니고, 카페에서 물만 마시며, 보풀이 핀 옷에 굽이 닳은 구두를 신고 출근한다고 생각해보라. 통장 잔고는 올라갈지 모르겠지만 내 인기도는 급속도로 하락할 것이다. 돈이 없으면 인간관계라는 탑을 쌓기도 어렵다.

크리스마스 시즌만 되면 양손에 쇼핑백을 주렁주렁 매단 채 뉴욕 시내에 돈을 뿌리고 다니던 미국의 한 저널리스트는 어느날 갑자기 '이제 사지 않겠다'는 무모한 계획에 도전한다. 그 장본인인 주디스 러바인은 정확히 1년간 오로지 생계와 건강 그리고 업무에 필요한 것 외에는 아무것도 사지 않는 삶을 실천한다. 『굿바이 쇼핑』은 소비의 제국 미국에서의 그 험난한 여정을 그린 책이다.

책임 있는 소비자가 되기 위해 그녀는 식품소비조합에 가입하고, 가게에서 선물을 사는 대신 직접 만들고, 자발적 가난을 추구하는 금욕주의자들의 모임에 참석해보기도 한다. 그런데 이런 계획이 대개 그렇듯이, 허리띠를 있는 대로 졸라매서 도를 통달하겠다거나, 흥청망청 써대는 탐욕스러운 소비 문화에 경종을 울리겠다는 거창한 의도 따위는 없다는 게 이 책의 흥미로운 점이다. 주디스 러바인은 양쪽 모두에 거리를 둔 채, 지적이면서도 솔직하게 소비 사회의 쓰레기통을 뒤지며 소비를 둘러싼 우리의 감정을 파헤친다.

> 밖으로 나온 후 뒤를 돌아 가게 안을 바라본다. 그 쇼핑객들 주위로 상자가 수북이 쌓여 있다. 신고 있던 구두는 휴지와 뒤섞여 한쪽에 내팽개쳐진 채 뒷전이다. 방탕의 현장이다. 부러움이 느껴지지만 부유함이나 사치에 대해서가 아니다. 내가 갈망하는 것은 사람이든 물건이든 즉각적으로 소비하고 버리는 일회성의 짧은 관계가 주는 값싼 전율이다. 도시

의 속전속결식 관계 말이다.

_『굿바이 쇼핑』

이제껏 나는 내게 관심도 없는 남자가 새벽 두 시에 불러내도 충직한 심복처럼 달려 나가는 멍청한 여자처럼, 언제나 돈에 끌려다녔다. TV에 나와서 투자 비법을 자랑하는 연예인들을 속물이라 욕하며 혀를 찼고, "난 돈에 관심 없어" "돈이 중요하냐! 인생이 중요하지"라는 소리를 하고 다녔지만 실상은 수입과 지출을 맞추지 못해 쩔쩔매는 돈의 노예였다. 돈과 나의 필요, 만족, 그리고 삶을 연결 짓는 것에 대해서는 단 한 번도 생각해본 적이 없었다. 마구 쓰고, 오랫동안 죄책감을 느끼고, 끝없이 불안해했다.

더이상 이렇게 살 수는 없었다. 변화가 필요했다. 주디스 러바인처럼 1년 동안 안 쓰고 살 자신은 없었지만, 경제 전문가이자 『착한 소비의 시작 굿바이 신용카드』를 쓴 제윤경이 제안한 대로 신용카드 정도는 자를 수 있을 것 같았다. 막상 가위를 들고 그 납작한 플라스틱에 날을 갖다 대는데, 거짓말 하나 안 보태고 생살을 떼어내는 것처럼 가슴이 아팠다.

> 저축으로 돈을 모아 소비하는 성취감이 반복될수록 일상의 절약은 오히려 품위 있어지고 자연스러워진다. 돈으로 행복해지는 삶이란, 어느 날 갑자기 생긴 돈을 원 없이 쓰고 사는 것이 아니다. 내게 주어진 만큼 지혜롭게 잘 쓰는 과정에서 조금씩 바뀌고 나아지는 현실을 확인하는 것이다.
>
> _『착한 소비의 시작 굿바이 신용카드』

제윤경의 조언대로, 사고 싶은 물건이 생기면 신용카드를 긁는 대신 일단 저축을 했다. 인터넷으로 적금을 드는 건 인터넷 쇼핑으로 싸구려 티셔츠를 한 장 사는 것만큼이나 간단했다. 통장마다 '파리 여행 적금' '키친에이드 반죽기 적금' 등 내가 원하는 이름도 붙일 수 있었다. 소꿉놀이하는 것처럼 재미있었다. 이자를 생각하지 않고 넣는 적금이라, 골치 아픈 이율 비교 같은 것도 하지 않았다(이율 비교를 하는 도중에 질려버릴 것이 분명하다. 나는 나를 잘 안다). 6개월 동안 한 달에 2만 원씩 적금을 부어 새 스탠드 조명도 샀다. 내 수준에는 꽤 고가였지만, 볼 때마다 잘 샀다는 생각이 들었다. 무엇보다 충동구매를 하지 않고 욕망에서 획득에 이르는 지난한 과정을 큰 금단 증상 없이 이겨낸 나 자신이 대견했다.

쇼핑을 안 하는 것 덕분에 폴과 나는 뜻밖의 주말 선물을 얻었다. 예전에는 몰랐던 특별한 일이 없다는 것의 가치다. 무언가를 사거나 기뻐하는 의무감에서 해방된 삶은 평범 그 자체다.

_『굿바이 쇼핑』

당장 돈이 많았으면 좋겠다는 바람보다 내게 필요한 것이 뭐지, 내가 정말 좋아하는 것은 뭐지, 나를 지속적으로 만족시켜주는 게 뭐지, 같은 질문들을 던질 수 있어야 한다.

_『착한 소비의 시작 굿바이 신용카드』

몇 년간의 힘겨운 노력 끝에 나는 드디어 수입과 지출을 맞추는 데 성공했다. 신용카드를 쓰지 않고, 주디스 러바인처럼 협동조합에서 식재료를 구입했다. 좋은 재료로 만든 집밥의 담백한 맛에 익숙해지니 그토록 끊기 힘들었던 외식의 욕구도 거의 사라졌다.

그럼에도 충동구매와 경미한 쇼핑 중독에서 완전히 회복되지는 못했다. 그건 억지로 마음 깊숙이 꽁꽁 묻어둔 옛사랑의 그림자처럼, 방심만 하면 다시 나타나 나를 뒤흔든다. 주디스 러바인이 몸소 증명한 대로, 소비 사회에서 돈을 쓰지 않고 살아가기란 될 법도 하지 않게 어렵고 힘든 일이기 때문이다.

뭐, 사실 돌이켜보면 나의 파란만장한 소비 전력이 부끄럽기만 한 것도 아니다. 예전에 생각 없이 지른 품목 중에는 두고두고 잘했다고 내 엉덩이를 두들겨주고픈 것들도 있다. 사채에 가까운 이자를 감수하고 카드 현금 서비스를 받아서 대학 4학년 여름방학에 두 달 동안 혼자서 인도 여행을 갔다 온 경험 같은 거 말이다. 지금 내게 50리터짜리 배낭을 들쳐업고 인도로 날아가서 이등석 기차의 불결한 시트 위에 드러누워 그 시트만큼이나 불결해 보이는 커리를 역시 불결한 손으로 퍼먹으며 돌아다니라고 하면, “미쳤어?”라고 대꾸할 것이다. 하지만 그때는 그게 아무렇지도 않았다. 그래서 지팡이를 짚을 나이가 되었을 때 동네 노인정의 입담꾼이 될 수 있을 만큼 재미있는 추억들을 많이 만들었다. 그래서 ‘돈으로는 경험을 사는 것’이라는 말이 있나 보다.

결국 돈은 쓰라고 있는 것이다. 그것도 잘, 창의적으로. 내가 산 물건들, 내가 만난 사람들, 내가 한 경험들이 모두 미래의 나를 만들 것이다. 그러니 더도 덜도 말고 돈은 인생의 윤활유라는 것을 인지하는 것, 그것이야말로 우아한 소비의 첫걸음일지도 모르겠다.

여전히 내게는 신용카드가 없다. 빚도 없다. 그리고 단리와 복리의 차이는… 여전히 미스터리로 남아 있다.

김애란 지음, 『비행운』(문학과지성사)
주디스 러바인 지음, 곽미경 옮김, 『굿바이 쇼핑』(좋은생각)
제윤정, 정현두, 박종호, 김미선 지음, 『착한 소비의 시작 굿바이 신용카드』(바다출판사)

퇴근 후 저녁 한 끼

직장에 다니며 혼자 살던 20대 후반에는 "자취해요? 그럼 밥도 제대로 못 챙겨 먹겠네"라는 말을 들을 때마다 코웃음을 쳤다. 사실은 너무 잘 챙겨 먹어 문제였다. 심지어 입사한 지 3개월 만에 바지를 입다가 단추가 포물선을 그리며 튀어나갈 정도로 살이 쪘다. 그렇다고 매일 밤 고칼로리 정크푸드를 입에 쑤셔넣은 건 아니었다.(의외로 혼자서 치킨 한 마리를 시켜 먹을 만큼 강단 있는 여자는 못 된다.) 단지 너무 잘 챙겨 먹었다. 이유는 간단했다. 사는 게 괴로웠기 때문이다.

애인도 없는 여자가 비전도, 금전도 보장해주지 않는 직장에서 매일 하루씩 명줄이 짧아지는 것 같은 마감에 시달리다가 집에 돌아와 할 수 있는 일이란 멍하니 드러누워 TV 리모컨을 돌리는 일뿐이었다. 그때 나는 〈섹스 앤 더 시티〉와 미국에서 만든 온갖 싸구려 리얼리티 프로그램을 보았고, 제이미 올리버의 젊은 시절 요리 쇼에 푹 빠져 있었다.(섹스 그리고 음식에 탐닉하는 전형적인 욕구 불만 상태였다.) 특히 까치집 머리에 낡은 티셔츠와 청바지 차림으로 자기 집 부엌에서 쉴 새 없이 수다를 떨며 대충대충 요리를 만드는 귀여운 영국 청년은 내 남자친구나 다름없었다. 아마 진짜 남자친구가 있었다고 하더라도 제이미 올리버처럼 나를 위로해주지는 못했을 것이다.

『칼로리 플래닛』이라는 책에는 'TV 요리 쇼는 배고픈 방랑자들을 불꽃으로 유인하는 모닥불 같다'라는 말이 나오는데, 내 마음도 꼭 그랬다. 요리 쇼를 보다보면 어머니의 된장국이라도 훌훌 마시고 난 것처럼 마음이 따뜻해졌고, 하루 동안 나를 괴롭히던 모든 문제들은—일주일째 전화를 받지 않는 연예인 매니저, 닥쳐오는 마감일자, 남자와 키스를 한 지 2년이 넘었다는 사실, 월급날까지 3주나 남았는데 벌써 바닥난 생활비, 회사가 망할지도 모른다는 두려움, 상상조차 할 수 없는 30대의 인생 같은 것—내일 생각해도 좋을 일들 같았다. 세상에 먹는 일만큼 중요한 게 또 뭐가 있겠는가!

"도대체 너는 그걸 왜 하는 거니?"

요리 프로젝트에 대해 엄마는 다시 한 번 똑같은 질문을 했고, 내 대답 역시 똑같았다. 언제나 그렇듯 그 이유를 말로 표현할 수가 없었다. 늦은 밤, 40분을 기다려도 전철은 오지 않고 플랫폼은 러시아워가 아닌데도 사람들로 넘쳐날 때, 영혼이 얼마나 병드는 느낌이 드는지 설명할 수가 없었다. 매일 아침 직장인들로 가득 찬 잿빛 거리에 나를 토해내고 밤이면 한참을 달려 평화롭고 깨끗하고 외딴 브룩클린에 다시 나를 토해내는 통근 열차에 갇혀 있을 때 얼마나 단절되는 느낌을 갖게 되는지 설명할 수 없었다. 왜 내가 지난해에 그랬듯 다가오는 해에도 피폐해질 거라고 생각하는지, 어쩌면 결혼 생활도 망가져버릴 거라 생각하는지 설명할 수가 없었다. 설명할 수 없는 이유는 설명할 말이 없기 때문이다.

_『줄리&줄리아』

영화 〈줄리&줄리아〉의 원작은 줄리 파월이 쓴 동명의 논픽션이다. 줄리는 뉴욕 변두리 동네의 낡은 집에서 남편과 함께 살고 있는 임시직 비서다. 곧 서른이 되는 이 여자는 생활고 때문에 두 번이나 난자를 팔아서 이제 임신을 할 수 없을 지경이다. 그러다 그녀는 어느 날 갑자기 요리 전문가 줄리아 차일드의 『프랑스 요리 예술의 대가가 되는 법』이라는 케케묵은 요리책에 나오는 524가지 프랑스 요리를 1년 동안 만들어 이 과정을 블로그에 기록하겠다는 정신 나간 아이디어를 떠올린다.

그 과정은 당연히 녹록지 않다. 매일 피곤에 찌든 몸으로 집에 돌아온 줄리는 비좁은 부엌에서 듣도 보도 못한 요리를 만드는 고생을 사서 한다. 죄없는 남편은 제대로 되지 않는 요리 때문에 종종 발작을 일으키는 아내를 정신병원 간호사처럼 진정시켜야 했다. 그녀의 블로그는 무관심과 주위 사람들의 걱정에서 시작해《뉴욕타임스》에 소개될 정도로 유명해지더니 결국 영화로 만들어지기에 이른다.

그래, 나도 화면 속의 제이미 올리버를 쳐다보며 침을 흘리는 것은 그만두고, 자리에서 일어나 부엌으로 가야 했다. 어쨌든 밥은 먹어야 했으니까. 남자친구가 세계적인 요리사인데 대충 끼니나 때울 수는 없었다. 제이미가 가르쳐준 대로 프로페셔널하게 양파를 다지고 고추의 씨를 발라냈다. 파스타를 만들고 된장찌개를 끓였다. 허브를 뜯어 고기 위에 뿌리고 샐러드드레싱을 직접 만들었다. 난장판이 된 부엌 한복판에서 나는 신나게 자르고 채치고 다졌다. 도마 위에 채소를 늘어놓고 일류 요리사라도 된 것처럼 칼질을 하다보면 아무 생각도 나지 않았다. 내게는 요리야말로 명상이었다.

내가 훔쳐본 또 다른 부엌은 뉴욕의 유명한 이탈리아 레스토랑 '밥보'의 주방이었다. 잡지 《뉴요커》의 문학 담당 기자인 빌 버포드는 어느 날 그야말로 '삘'을 받아 갑자기 직장을 때려치우고 밥보의 주방 견습생으로 취직한다. 남들 같으면 골프채를 들고 라운드 돌 생각이나 하는 중년의 나이였다. 칼자루 쥐는 법도 제대로 모르던 이 남자는 파란만장한 견습생 시절을 마친 후 결국 그릴 담당의 위치에까지 오른다. 내친김에 그는 이탈리아 산골 마을의 유서 깊은 식당으로 날아가 파스타 면 뽑는 법을 배우고, 칼을 들고 단테를 읊는 세상 어디에도 없는 푸주한에게서 경건하기까지 한 직업윤리를 배운다. 그 과정을 기록한 책이 바로 『앗 뜨거워 Heat』다. 이 남자는 또 왜 중년의 나이에 사서 고생을 한 걸까?

나는 주방장이 아니라 그냥 요리사가 되고 싶었다. 그리고

> 이탈리아에서의 경험은 그 이유를 가르쳐주었다. 천 년 동안 사람들은 자신들의 음식을 어떻게 만드는지 알고 있었다. 자신들이 사육하는 가축을 이해했고, 그것으로 뭘 해야 하는지를 알았다. 계절에 따라 음식을 만들었고 농부들은 땅이 어떻게 돌아가는지를 알았다. 그렇게 지킨 요리의 전통을 세대를 이어가며 보존했고, 그것으로 한 집안의 색깔을 표현하기에 이르렀다. (중략) 하지만 나는 전문가가 되기 위해 그 지식을 원하던 게 아니다. 나는 그저 좀 더 인간적이 되고 싶을 뿐이다.
>
> _『앗 뜨거워 Heat』

줄리 파월도, 빌 버포드도, 어느 날 갑자기 요리를 시작한 그들의 목표는 유명한 셰프가 되는 게 아니었다. 그들은 모두 요리를 통해 좀 더 인간적인 삶에 가까워지고 싶었다고 고백한다.

다른 사람이 죽이고 재배한 재료와 다른 사람이 만든 음식을 별생각 없이 입속에 넣던 사람이 요리에 관심을 갖게 되면 어떤 일이 벌어질까? 양배추와 고등어가 가장 맛있는 계절을 알게 된다. 요리마다 필요한 고기의 부위가 다르다는 걸 아는 것도, 가급적이면 농약 없이 키운 채소와 건강한 환경에서 자란 동물의 고기를 먹고자 노력하는 것도 요리에 맛을 들인 후의 일이다. 제철 과일을 기다렸다 먹는 기쁨을 누리며 계절과 자연에 감사한다. 된장찌개를 끓일 때는 '도대체 누가 콩을 발효시켜 된장을 만들어 먹을 생각을 했을까?'와 같은 질문이 절로 떠오른다. 그리고 이를 통해 자신이 드넓은 우주에 홀로 뚝 떨어진 존재라는 허무와 두려움에서 1센티미터라도 벗어나게 된다. 우리는 모두 각자의 부엌에 있지만, 요리라는 행위와 음식이라는 매개를 통해 어렴풋이나마 세상 모든 것이 연결되어 있다고 느끼게 되는 것이다. 인간적이라는 것은 바로 이런 뜻이 아닐까?

> 바쁜 날 근사해 보이는 요리를 50개 만들면 짧은 짜릿함을 50번 느끼게 되고 일을 마무리할 때는 기분이 참 좋았다. 어떤 심오한 깨달음 같은 건 없지만(성찰의 양은 거의 제로에 가까우니까), 더없이 진실된 순간이었고, 도시에 사는 현대인의 삶에서 이만큼 순수한 즐거움을 안겨주는 경험은 많지 않았다.
>
> _『앗 뜨거워 Heat』

텔레비전에서는 리얼리티 프로그램이 나오고 있었다. 아파트 전체가 고요했다. 문득 그런 생각이 들었다. 요리를 하지 않을 때 사람들은 무엇을 할까?

_『줄리&줄리아』

나는 왜 줄리 파월이 매일 요리하기로 결심했는지 안다. 요리는 잠시나마 우리를 다른 곳으로 데려가준다. 내가 얼마나 못난 인간인지, 통장의 잔고가 얼마인지, 내 직업이 얼마나 보잘것없는지와 같은 문제는 하나도 중요하지 않다. 내게는 완성해야 할 요리가 있고, 칼과 불과 프라이팬과 양념들이 있으며, 나를 옳은 길로 인도하는 레시피가 있다. 한눈을 팔거나 잡생각이나 망상에 빠져 있을 겨를이 없다. 심지어 정직한 노동의 시간이 지나고 나면 뱃속을 따뜻하게 데워줄 요리 한 그릇이 탄생해 있다. 요리 쇼의 일개 애청자에서 창조자로의 위대한 걸음을 내디딘 것이다. 그건 정말 멋진 일이다. 바지 단추가 터져나가는 것만 빼면 말이다.

요리는 즐거운 것이다. 배를 채워주고, 돈을 아껴주고, 내가 인간으로서 한몫하고 있다는 자부심을 느끼게끔 한다. 내 부엌에서, 내 힘으로, 언제든, 심지어 냉장고 속에서 굴러다니는 무엇을 가지고서든, 따뜻하고 시원하고 새콤하고 달콤하고 맵고 짭짤한 어떤 것을 창조해낼 수 있다. 요리는 역시 대단한 것이다.

줄리 파월이 얼마 전 심장마비로 이른 나이에 세상을 떠났다. 나는 줄리 파월의 글 쓰는 스타일을 좋아했기 때문에, 이 책 이후에 과연 그녀가 어떤 책을 쓸지 궁금했다. 자신의 특별한 경험으로 각광을 받은 작가가 후속작으로 좋은 평가를 받는다는 것은 쉬운 일이 아니기 때문이다. 아마 그녀에게도 쉬운 일은 아니었을 것이다. 그러거나 말거나, 줄리 파월은 맛있는 음식을 실컷 요리하고 먹으며 행복하게 살다가 가지 않았을까? 그래, 그거면 된 거지.

줄리 파월 지음, 이순영 옮김, 『줄리&줄리아』(바오밥)
빌 버포드 지음, 강수정 옮김, 『앗 뜨거워 Heat』(해냄)

하고 싶은 일을 한다는 것

머나먼 핀란드 헬싱키의 한 골목, 손님이라고는 찾아오지 않는 동네 식당에서 두 여자가 시나몬 롤을 굽는다. 밀가루를 반죽하고 설탕과 계핏가루를 솔솔 뿌려 돌돌 말아서는 오븐에 넣는다. 곧이어 마법처럼 반짝이는 갓 구운 시나몬 롤과 두 여자의 환하게 밝아지는 얼굴, 그리고 "와아!" 하는 함성이 화면을 가득 채운다.

영화 〈카모메 식당〉의 한 장면은 언제나 내게 공감각적인 행복을 떠올리게 한다. 이 영화를 보고 얼마나 많은 사람들이 자신만의 작은 가게를 꿈꾸었을까! 내가 만든 아늑하고 근사한 공간에 찾아온 착한 손님들을 정성껏 대접하는, 친절하면서도 당당한 내 모습을!

하지만 현실은 녹록지 않다. 파리만 날리던 식당이 손

님으로 가득 찰 때까지, 주인공 사치에는 홀로 가게를 지키며 꾸벅꾸벅 졸다가, 서점에 가서 책을 읽다가, 수영장에서 수영을 하면서 기다린다. 의연하게, 꿋꿋하게 기다린다. 만약 내가 저 여자였더라면 어땠을까? 일분일초 피가 바짝바짝 말라 미친 듯이 히스테리를 부리다가 밤마다 테이블 위에 엎드려 엉엉 울었을 것이 분명하다. 손님들은 착하기는커녕 까다롭고 변덕스럽고 무례하기 짝이 없을 것이다. 손님 대접도 가끔가다 한 번 있는 일로 족하지, 생계를 건 채 매일매일 노예처럼 일해야 한다고 상상하면 고개를 젓게 된다. 역시 장사도 아무나 하는 게 아니야.

좋아하지도 않는 일을 하면서 평생을 사는 것도 끔찍하지만, 좋아하는 일을 하겠다고 괜히 나섰다가 굶어 죽지나 않을까 겁이 났다. 그래서 나는 이 책을 읽었다. 『회사 가기 싫은 날』은 좋아하는 일을 직업으로 삼은 17명의 젊은이를 인터뷰한 책이다. 제목에서 느껴지는 어쩐지 무책임하고 낭만적인 분위기와는 달리, 이 책 속의 목소리들은 좋아하는 일을 하며 살아가는 차갑고 묵직한 현실을 담담하게 고백한다.

어떻게 보면 자기 일을 한다는 것은 하루살이 같습니다. 위기가 오고, 어떻게든 버텨내고, 또 위기가 오고, 다시 버텨내고 그렇게 하루하루를 보내면서 시간을 이겨내는 것이죠. 그런데 확실한 것은 그 불규칙해 보이는 시간 속에도 나름의 패턴은 생겨나고, 그 패턴을 알아채게 될 때까지 버텨낸다면, 불안감은 사라지게 될 거예요. 시간이 주는 힘, 노련미 같은 것이라고 할까요?

_『회사 가기 싫은 날』

좋아하는 것을 직업으로 택해서 사는 비결은 사실 간단하다. 그냥 그 일을 하면 된다. 하지만 그게 말처럼 쉽지는 않다. 그 시간들을 몇 줄의 짧은 문장으로 정리하기 위해 이들은 얼마나 많은 산을 넘고, 얼마나 많은 돌부리에 걸려 넘어지고, 얼마나 많은 눈물을 흘려야만 했을까. 그들이 의연하게 말하는 대로 그 경험들이 그들의 피와 살이 되었을 것이다. 좋아하는 일을 하며 고군분투하는 시간 자체가 곧 그들의 인생이 된 것이다.

보통 어떤 일을 할 때는 들인 노력과 시간만큼의 금전적 보상이 있어야 할 것 같다. 인생을 성공이라는 문을 열기 위해 통과해야 할 긴 여정으로 보는 시각에서라면 그렇다. 하지만 내가 좋아하는 일을 하면 성공과 실패에 관계없이 일이 곧 내 인생이 된다. 그것은 하루 스물네 시간, 주말, 휴일 할 것 없이 머릿속에서 일 생각이 떠나지 않는다는 걸 뜻하고, 일 때문에 자료 검색을 하거나 사람들을 만나고 서류를 작성하는 시간도 나를 위한 시간이 된다는 걸 뜻한다. 일과 사생활을 애써 분리해야만 하는 삶과는 다른 식의 접근법이 필요한 것이다.

> 욕심은 접기로 했어요. 좋아하는 일을 하면서, 돈도 벌고, 인정도 받고, 여러 가지를 충족시키려 하지만 그 모든 것을 다 가질 수는 없다고 생각합니다. 한두 가지를 버리면 좋아하는 것을 해나갈 수 있다고 생각해요.
>
> _『회사 가기 싫은 날』

카모메 식당에 손님이 통 들지 않는 것이 걱정된 미도리가 핀란드 사람들의 입맛에 맞는 주먹밥을 만들어보자고 제안하자, 사치에는 별로 내키지는 않는 것 같지만 일단 한번 해보자며 승낙한다. 강해야 할 때는 화를 내고 부드러워야 할 때는 종종 비굴해지는 나는 사치에의 강인하면서도 부드러운 태도가 언제나 부럽다. 어쩌면 내가 부러워했던 것도 그냥 카모메 식당이 아니라, 사치에의 카모메 식당이었을 것이다.

가방을 잃어버린 채로 카모메 식당에 도착한 또 다른 일본 여성 마사코는 사치에에게 "좋아 보여요. 하고 싶은 일을 하면서 사는 거"라고 말한다. 그 말에 우리의 사치에는 이렇게 야무진 답을 내놓는다. "하기 싫은 일을 하지 않을 뿐이에요." 하지만 우리는 안다. 하기 싫은 일을 하지 않기 위해서는 좋아하는 일을 정말로 열심히 해야 한다는 사실을.

> 만약 장사를 시작하기로 했다면 어떤 분야가 되었든, 사람에게 물건을 파는 일은 상상 이상의 희생과 노력이 필요하다는 걸 아셔야 합니다. 이런 부분은 무조건 참고 견디는 것만으로 해나갈 수 있는 부분이 아니라고 생각해요. 미칠 정도로 좋아하는 마음 하나가 있어야, 나머지 수백, 수천 가지의 어렵고 힘든 부분을 견뎌낼 수가 있어요. 또 그렇게 미쳐서 힘든지도 모르고 해나가야 성공도 할 수 있다고 생각하고요. 본성이 악착같은 사람이 따로 있는 게 아니고, 좋아하는 일을 하면 자연스럽게 악착같이 버티게 됩니다.
>
> _『회사 가기 싫은 날』

좋아하는 일은 오랫동안, 꾸준히, 열심히 해도 질리지 않는 일이다. 누가 뭐라고 해도 끝까지 포기하지 않을 수 있는 일이다. 그런데 그런 일을 찾는 것은 그리 쉽지 않다. 사실 자기가 무엇을 좋아하는지 아는 것조차 엄청난 행운이라고 봐도 무방하다.

많은 사람이 서른다섯 살이 넘어서야 자신이 하는 일이 '그래도 내가 가장 좋아하는 일'이라는 것을 받아들인다. 그 일은 한때 우리를 질리게 했고, 여러 번 벗어나보려고도 했던 일이다. 하지만 결국에는 그 일이야말로 우리가 가장 잘할 수 있고, 또 좋아할 수 있는 일이라는 사실을 뒤늦게 알아차리게 될지도 모른다.

완벽한 일이나 성공, 행복은 운명처럼 찾아오지 않는다. 때로 우리는 자신이 갖지 못한 것에 정신이 팔려 자신이 가진 것을 외면한다. 야심만만하던 20대 초반에 나는 내가 이렇게 살게 될 거라고는 전혀 상상하지 못했다. 밥이나 벌어 먹고살 수 있을까 전전긍긍하던 내심에는, 좀 더 중요하고 멋진 사람이 되어 있을 줄 알았다. 대단히 유명한 사람이나 잘나가는 사람, 영향력 있는 사람. 하지만 결국 이도 저도 아닌 채로 30대가 되고 말았다. 슬프지만 이게 내 인생이다. 어떻게 보면 모든 것을 다 가질 수 없고 모든 일을 다 할 수 없다는 사실을 인정하는 것도 그렇게 나쁘지만은 않다.

그런데 서른여덟 살의 어느 날에 나는 언제나 공상만 해오던 동네 북카페의 여주인이 되기로 결심했다. 수년간 머릿속으로 계획만 세우고 있었지 아마 그걸 실제로 할 일은 없을 거라 생각했다. 그런데 실현 가능성이 희박한 나의 사업 계획을 들은 지인이 재미있을 것 같다며 함께해보자고 했다. 때마침 눈독을 들이던 작은 가게의 월세가 둘이 합쳐 내면 한 달 커피 값 정도로 싸게 나왔다. 지금 올라타지 않으면 떠나버릴 기차 앞에 서 있는 기분이었다.

겁이 덜컥 났다. 아무리 생각해도 나는 카페 여주인 같은 걸 할 사람이 아니었다. 살던 대로 집에 처박혀 문을 닫아거는 쪽이 훨씬 편할 것 같았다. 돈이 필요하면 취직을 하는 게 나았다. 그러나 동시에 남들에게는 '아무것도 하지 않으면 아무것도 잃지 않는다. 그런데 또 아무것도 얻지 못한다'고 잘난 척을 하더니, 정작 자신은 아무것도 잃고 싶지 않아 어떤 시도도 하지 않으려는 것이 부끄러웠다. 그래, 혹시 망하면 그런 경험조차 세상에 무슨 보탬이 되겠지. 손을 벌벌 떨며 일단 계약서에 도장을 찍었다.

2년간 가게는 우리의 것이다. 그 안에서 무슨 짓을 하든, 그건 우리의 자유다. 그러나 동시에 좋아하는 일을 실제로 한다는 게 결코 만만하지 않다는 사실을 깨닫고 있다. 거의 매일 저녁, 내가 왜 이걸 시작했을까 후회하고 또 후회한다. 그러나 지금 이걸 안 한다면 다시는 기회가 오지 않을 거라는 생각으로 흔들리는 마음을 다잡는다. 실패한다고 해도 거기에서 많은 것을 배울 수 있을 거라고도 생각한다. 이런 경험이 나의 피와 살이 될 거라고 말이다.

무엇보다 성공하든 실패하든 하고 싶었던 걸 한번 해보았다는 것으로 충분하다고 생각한다. 사람은 언제나 가본 길보다는, 가지 않은 길을 후회하니까.

그래서 제가 어떻게 망했는지는 다음 글에서 이어집니다….

오기가미 나오코 감독, 〈카모메 식당〉
김희진 지음, 『회사 가기 싫은 날』(마호)

카페의 주인이 되었습니다

카페나 식당을 여는 것은 나의 오랜 꿈이었다. 내가 직접 만든 내 취향이 담뿍 배인 공간에 손님들이 찾아오고, 그들을 정성껏 대접하며 사는 건 얼마나 근사할까.

그리고 기회가 찾아왔다. 저런 곳에 카페가 하나 있으면 좋겠다고 생각하던 자리가 비었고, 함께할 친구가 생겼고, 마침 여행이나 가려고 몇 년 동안 모아두었던 돈이 있었다. 그래, 여행 한번 럭셔리하게 다녀왔다고 생각하고 저질러보자.

1월부터 동업하기로 한 동네 친구와 함께 인력소개소 겸 정체 모를 남자의 주거지로 쓰이던 사무실을 고쳐나갔다. 코를 찌르는 냄새와 때가 찌들 대로 찌든 벽과 바닥을 물과 락스로 몇 번이나 박박 닦아냈다. 그 위에 팔이 빠지도록 흰색 페인트를 칠하고, 형광등을 모조리 뜯은 후 조명을 다시 달았다. 남편은 밤마다 나무를 잘라 가구를 만들고, 나는 버려진 의자를 주웠다. 통유리창에 붙은 시트지를 한 점 한 점 칼로 벗겨 뜯어낸 다음 날에는 손가락이 펴지지 않았을 정도였다.

카페의 한쪽 벽은 책장으로 꾸몄다. 좋아하는 책들을 들여놓고, 가구와 가전제품과 컵과 접시와 포크 같은 것들을 하나씩 고르고 사들이면서 신혼살림이라도 새로 차리는 기분이었다. 정작 결혼을 할 때는 내가 뭘 좋아하는지도 몰랐지만 지금은 달랐다. 이제는 나도 내가 무엇을 좋아하는지, 무엇으로 내 공간을 꾸미고 싶은지를 잘 알았다. 어쩌면 그건 어른들의 호사스러운 소꿉놀이 같은 것이었는지도 모르겠다.

카페는 '책과 빵'이라는 단순한 이름을 달았다. 이름 그대로 책을 볼 수 있고 빵도 먹을 수 있는 가게이기 때문이다. 월요일부터 토요일까지, 아침 10시부터 저녁 6시까지 문을 열었다. 일찍 문을 닫는 이유는 저녁이 있는 삶을 위해서였다. 주택가 뒷골목에 숨어 있으면서도 홍보를 하지 않았던 것은 '발견하는 재미가 있지 않을까' '너무 내세

우지 않는 가게가 있어도 좋지 않을까' 하는 생각에서였다. 이렇게 배짱을 부릴 수 있었던 이유는 월세가 싼 데다 가게를 모두 우리 손으로 꾸며 투자비용을 최소화했기 때문이고, 여기에 생계가 걸려 있지 않아서였다.

우여곡절 끝에 계약을 한 지 3개월이 지나서야 카페 문을 열었다. 첫 손님은 어떤 사람일까, 첫 손님이 들어오면 어떤 기분일까 궁금했다. 평생 첫 손님의 얼굴을 잊지 않으리라 다짐도 했다. 하지만 2년이 지난 지금은 그게 누구였는지 기억조차 나지 않는다. 사람이란 역시 간사한 존재다. 그중에서도 나는 정도가 심각한 인간이라는 것을 이제야 깨닫는다.

문을 열고 난 후에도 넘어야 할 산은 한두 가지가 아니었다. 정말이지 아무 생각 없이 시작했기 때문에 영업신고라는 걸 해야 한다는 것도, 그걸 어떻게 해야 하는지도 몰랐다. 지인들은 제각기 다른 말을 했다. 가게가 후미진 곳에 있다, 이래서 장사가 되겠느냐, 팥빙수를 해야 한다, 전단지를 뿌려라, 간판이 너무 작다, 인테리어는 하다 말았느냐, 이래서 돈을 주고 사람을 사서 해야 한다, 바리스타 자격증은 땄느냐…. 당나귀를 팔러 장에 가던 남자가 남들 하는 소리에 갈팡질팡하다가 결국 당나귀를 업고 갔다는 옛이야기가 떠올랐다.

그런데 진짜 복병은 따로 있었다. 문을 열고 들어오는 손님이 전혀 반갑지가 않았던 것이다. 마치 내 집에 들어온 낯선 침입자를 보는 것처럼 당황하고 놀라는 일의 연속이었다.(정말로 놀라서 꽥 소리를 지른 적도 있다.) 그러다 손님이 한 명도 없는 날이면 '이러다 망하지'라는 생각에 머리가 어지러웠다. 나는 정말 장사 같은 걸 할 사람이 아니었다. 역시 장사의 가장 큰 복병은 나였다.

시간이 지나면서 나는 조금씩 커피나 음료를 만드는 일에, 카페를 운영하는 일에 익숙해졌다. 어떤 날은 즐거웠고 어떤 날은 괴로웠다. 맛있는 커피를 만들기 위해 하루에 열 잔이 넘는 커피를 마시느라 속이 다 상했다. 맛있는 빵을 구운 날도, 맛없는 빵을 구운 날도 있었다. 칭찬을 들은 날도, 비난을 들은 날도 있었다.

결론부터 말하자면, 나는 1년 6개월 만에 백기를 들었다. 카페의 문을 닫기로 결정한 것이다. 나는 순진했고 무모했고 오만했고, 결정적으로 무능했다. 문을 닫기 전에는 꽤 오랜 시간을 고민했지만 결정한 후에는 솔직히 말해 후련해서 날아갈 것 같은 기분이었다. 이렇게 좋은 걸

지금껏 왜 붙잡고 있었나 싶었다.

내가 했던 모든 일과 내가 하지 않았던 모든 일을 후회하지 않는다. 이제 와서 후회해봤자 아무 소용이 없기 때문이다. 평생의 꿈이라 할 만했던 '나만의 카페 차리기'라는 낯 뜨거운 프로젝트를 실현해보지 않았더라면, 아마 나는 지금도 카페의 여주인이 되고 싶다며 노래를 부르고 있었을 것이다. 나에게 가장 어울리지 않는 직업이 있다면 그건 바로 '카페의 여주인'이라는 사실을 알게 된 것만으로도 감사한 일이다.

장사라는 것이 얼마나 힘든 일인지, 비가 오나 눈이 오나 몸이 아프나 매일 같은 시간에 문을 열고 같은 시간에 문을 닫는 그 일이 얼마나 위대한 것인지, 오늘은 손님이 없지만 내일은 있을지도 모른다는 희망을 잃지 않는 것이 얼마나 중요한 일인지, 싫어하는 사람도 좋아하는 사람도 카페의 주인으로서 환대하는 것이 얼마나 어려운 일인지, 나는 이 경험을 통해 말 그대로 뼈에 사무치게 배웠다. 무엇보다 그저 버티는 것이야말로 모든 일의 기본이라는 것을 배웠다.

카페를 열 때 이상하리만치 계속해서 내 머릿속에 떠오르던 말이 있다.

"사람은 고독할 수는 있지만 고립되어서는 안 된다."

누가 한 말인지는 모르겠다. 어쨌든 나는 고립되지 않기 위해 카페를 열었고 고독하기 위해 카페를 닫았다. 지금 나는 고독하지만 고립되어 있지는 않다. 카페에서 친구들을 많이 만들었기 때문이다. 생각해보면 카페 덕에 생각지도 못한 이득을 본 셈이다.

아직도 내게 저 카페에 찾아가고 싶다는 메시지를 보내는 분들이 계신다. 카페는 벌써 한참 전에 문을 닫았습니다. 그리고 저는 죽어도 다시는 카페 같은 건 하지 않을 테니, 이제 마음 접으소서. 식당이라면 또 모를까…(정신 차려!)

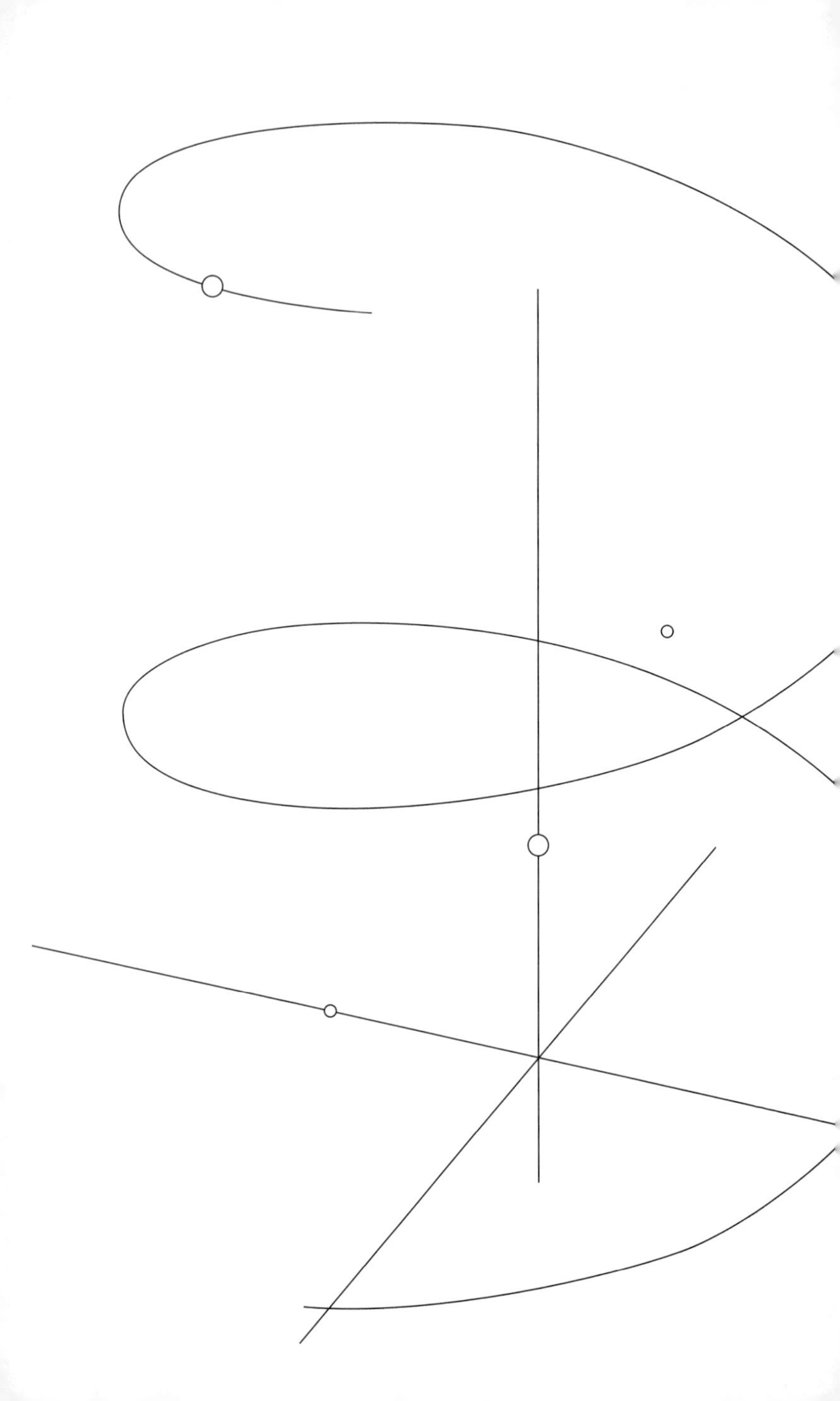

ROUND 3. 초조해하지 않으면 언젠가는

ROUND 3.

재능에 대해 말하지 않는 것들

스티븐 킹은, 재능이란 엄청난 힘이 가해지지 않으면 아무것도 자르지 못하는 무딘 칼이라고 말한 적이 있다. 내 생각도 그와 같다. 언젠가부터 나는 노력이야말로 진정한 재능이라고 믿기 시작했다.

우리는 어떤 영화를 보거나 책을 읽으면서 "내가 해도 이것보다는 낫겠다!"고 불평을 터뜨린다. 정말로 그럴지도 모른다. 내가 그 감독이나 작가보다 더 뛰어난 재능을 가졌을지도 모른다. 그러나 진실은, 우리는 웬만해선 그 사람들처럼 영화를 만들거나 책을 쓰는 수고를 감내하지 않을 거라는 사실이다.

기발한 아이디어에서 완벽한 결과물에 이르는 지난한 과정은 영화감독 봉준호가 〈괴물〉을 찍으면서 겪었다는, 이렇게 많은 사람들을 고생시키다니 '나는 분명 지옥에 갈 것'이라는 괴로움의 웅덩이에 수백 번은 빠지고 나서야 지나가는 것이다. 또는 영화 〈버드맨〉의 주인공 리건 톰슨처럼 타고난 재능을 뛰어넘는 결과를 만들어내기 위해 고군분투하다 환청에까지 시달릴 각오 정도는 해야 하는 것이다.

가만히 앉아서 생각만 하는 건 쉽다. 하지만 그걸 눈에 보이는 무언가로 만들어내기 위해서는 거의 초인적인 노력이 필요하다. 그리고 나는 그 노력을 할 수 있느냐 없느냐가 뭔가를 해낸 사람과 하지 않은 사람의 결정적 차이라고 본다.

그렇다면 정말 안타까운 일이 아닐까. 타고난 재능을 꺼내보지도 못한 채 죽을 거라는 사실 말이다. 그것도 운명의 장난이나 시대적 한계 때문이 아니라 게으름과 의지박약이라는 한심한 이유 때문에. 그래서 세상은 우리에게 '당신이 가진 재능의 100%를 발휘하라!'며 등을 떠민다. '이것만 따라 하면 당신도 ○○○가 될 수 있다!' 류의 성공에 이르는 수많은 공식은, 그저 노력만 한다면 있는 재능 없는 재능을 모조리 끌어내 쓸 수 있다는 가정하에 만들어진 것들이다.

영화 〈위플래쉬〉에서 최고의 재즈 드럼 연주자가 되겠다는 야심으로 똘똘 뭉친 열여덟 살 청년 앤드류는 음악학교 최고의 교사인 플레처의 밴드에 보조 드러머로 뽑힌다. 그런데 이 플레처라는 인간이야말로 지독한 선생의 표상이라고 해도 좋을 정도다.

플레처의 수업은 한마디로 살벌 그 자체. 그는 폭언을 퍼붓고 폭력을 휘두르는 식으로 학생들을 거세게 압박하면서 자신의 템포에 맞출 것을 주문한다. 심지어 그는 비열하기까지 하다. 상대를 추켜세우다가 한순간에 바닥으로 내동댕이쳐 짓이겨버리는 것이 그의 특기다. 자신 때문에 우울증에 시달리다 자살한 제자의 사인을 교통사고라고 거짓말하면서 눈물까지 보이는 선생이 바로 그다.

그런데 제자 또한 만만치 않다. 반드시 최고가 되지 않아도 괜찮다는 아버지의 만류에도 불구하고 앤드류는 메인 드러머의 자리를 따내기 위해 말 그대로 피땀을 흘리며 연습한다. 열정이라고는 없는 여자친구에게 일방적으로 이별을 고하는 이유도 성공에 방해가 되어서다. 그렇게 아등바등하다 불운의 연속으로 연주를 망치고 플레처의 밴드에서도 쫓겨난 앤드류는 드럼을 포기하고 살아간다. 얼마 후 우연히 재즈 바에서 마주친 플레처는 그에게 이렇게 말한다.

"나는 언제나 내 학생들이 자신의 한계를 뛰어넘기를 바랐다. (중략) 세상에서 가장 쓸 데 없는 말은 '그만 하면 잘했다'는 말이야."

사실 나는 일찌감치 성공 같은 건 포기한 사람이다. 아, 물론 나도 내게 영 재능이 없지는 않다는 걸 알고는 있었다. 최소한 대한민국 남쪽 끄트머리의 시골 도시 백일장에서 최우수상을 탈 정도는 됐다. 20년 평생을 갑갑한 모범생으로 살다가 이제 한번 사는 것처럼 살아보자는 마음에 서울에 있는 대학의 연극영화과에 입학했다. 대학생활을 시작하고 나서야 나 정도의 재능은 시장 바닥에 널렸고, 이걸 제대로 갈고 닦으려면 비상한 머리와 기이할 정도의 집념이 필요하다는 걸 알게 됐는데, 동시에 내게는 그런 게 없다는 것도 깨닫게 됐다. 그걸 결정적으로 깨우쳐준 사람이 있었다.

20대 중반에 잠깐 만난 그 남자는 대단한 집념의 소유자였다. 지금 돌이켜보면 상종을 말아야 할 찌질이, 콤플렉스 덩어리에 쓰레기 같은 놈인데, 뭐가 씌어도 단단히 씐 내 눈에는 대단한 재능의 아티스트로 보였다(과거에 사귄 남자들을 회상할 때는 언제나 문체가 과격해지는 걸 보면 내가 아직도 트라우마에서 벗어나지 못했나보다). 나는 밤늦게까지 술을 마시고 놀다보면 내일 일은 내일 생각하자며 자버리는 인간이었지만 그는 굳이 해야 할 필요가 없는 일, 자신의 미래에 조금이라도 보탬이 될 만한 일들을 밤을 새우고서라도 기어코 하는 인간이었다. 그때 나는 알았다. 아, 저렇게 독한 놈이 성공하는 거구나. 그러니까 나는 성공을 못 하겠구나.

동시에 이런 것도 깨달았다. 그는 정말 불행한 남자였다. 그는 영혼 깊숙이 뿌리박힌 결핍과 트라우마와 콤플렉스 따위를 호소하면서 이 여자 저 여자를 쑤셔대느라 바빴다. 그럼에도 그가 진정으로 관심 있는 것은 자기 자신, 그리고 성공뿐이었다. 그때의 그는 우리 중에 가장 성공한 사람이었지만 전혀 행복해 보이지 않았다. 좋아 보이지도 않았다. 그에게 진실한 친구라고는 단 한 명도 없었고, 사람들은 그를 떠올릴 때마다 미간부터 찌푸렸다.

다 그런 건 아니겠지만 성공한 사람들, 특히 예술 분야에서 성공한 사람들 중에는 성격에 모가 났거나 어딘가 문제가 있는 경우가 많다. 왜냐하면 누가 시키지 않았는데도 뭔가를 대단히 열심히 한다는 건 제정신으로는 힘든 일이기 때문이다. 그러니까 반 고흐처럼 단 한 장도 팔리지 않는 그림을 그린다거나, 도스토옙스키처럼 우울증과 발작에 시달리면서 글을 쓰는 일은 인간의 경지를 벗어난 수준이다. 사실은 침대에 누워서 리모컨을 드는 게 훨씬 쉽고 훨씬 기분 좋으며 정신건강에 보탬이 된다.

그들에게 '그만하면 잘했어'의 순간은 웬만해서는 찾아오지 않는다. 그랬더라면 그들도 그렇게 잔인할 정도로 자신을 몰아붙이지는 않았을 것이다. 그리고 그들이 고통스러웠던 덕분에, 그로 인해 주변 사람들에게 큰 상처를 주다가 결국 고립되면서 더더욱 고통스러워지는 바람에, 우리는 이 예술가들이 신의 눈으로 만들어낸 작품을 감상하는 즐거움을 누릴 수 있다. 사실 진짜 덕을 본 사람은 그들이 아니라, 우리일지도 모른다.

코엔 형제의 영화 〈인사이드 르윈〉은 〈위플래쉬〉가 들춰내는 야심의 다른 면을 그린 이야기다. 무명 포크 가수 르윈 데이비스는 엄동설한에 코트 한 벌 없이 기타 하나와 우여곡절 끝에 맡게 된 남의 집 고양이 한 마리를 품에 안고서, 오늘 밤 자신을 재워줄 소파를 찾아 거리를 떠도는 처지다. 성공의 순간은 언제나 그가 손을 뻗어보기도 전에 달아나버린다. 자꾸만 도망치는 고양이처럼. 성공에 필요한 것이 재능과 노력과 운이라면 그는 지지리도 운이 없는 남자다. 어쩌면 그 자신이 이런 운명을 자초하고 있는지도 모른다.

소파에서 신세를 지다 눈이 맞아 함께 사고를 친 전력이 있는 동료 여가수 준은 임신을 했다며, 네 아이인지 아닌지는 모르겠지만 아무튼 엄청나게 기분이 더럽고 너는 살 가치도 없는 쓰레기 루저이니 당장 아이 지울 돈을 마련해 오라고 욕설을 퍼붓는다. 사람들은 르윈이 부르는 어둡고 궁상맞은 노래보다 준의 애인인 짐이 부르는 가벼운 사랑 노래를 더 좋아한다.

그는 거의 마지막이다시피 한 기회에 자신의 운을 건다. 유명한 프로듀서 버드 그로스맨을 만나기 위해 시카고로 떠나는 것이다. 그런데 남의 차를 얻어 타고 겨우겨우 도착한 시카고에서 하루 종일 벌벌 떨다 오디션을 볼 기회를 잡은 르윈의 선곡은, 끝내주는 노래로 이 프로듀서를 넉다운시켜주기를 바랐던 우리의 기대를 배반한 것도 아니고 충족시킨 것도 아닌 어정쩡한 것이다. 유행하는 오디션 프로그램식으로 이야기하자면, 곡 선택에 '미스'가 있었다고나 할까. 창법이 '올드'하다고나 할까. '한 방'이 없다고나 할까. 자신만의 매력을 찾지 못했다고 할까. 본인이 잘할 수 있는 노래와 잘하고 싶은 노래 사이의 간극이 크다고나 할까. 그냥 네 노래를 듣고 있으면 기분이 한없이 처진다고나 할까.

르윈이 부른 노래의 가사는 제인 왕비의 이야기다. 출산이 임박했으나 진통만 며칠을 하던 왕비는 괴로워하다 못해 헨리 왕에게 배를 갈라서 아이를 꺼내달라고 애원하다가 결국 죽고 만다. 이 뜨악한 노랫말 속에 인사이드 르윈Inside Llewyn, 즉 르윈의 내면이 있다.

르윈은 그런 사람이다. 아니, 수많은 그런 사람들 중의 하나다. 세상이 말하는 실패자, 그러니까 루저들. 그들 모두가 허황된 꿈을 꾼 것은 아니었을 것이다. 버드가 말했듯이 르윈에게도 재능이 전혀 없지는 않다. 노력도 안 한 게 아니다. 그런데 별로 운이 없었다. 듀엣으로 좀 잘나가보려나 했더니 파트너가 다리에서 몸을 던져 자살해버렸다. 솔로로 서자니 어쩐지 매력이 부족하다. 그건 그가 어떻게 할 수 있는 문제가 아니다.

그 역시 성공할 가능성이 없는, 포크의 시대라는 파도에 휩쓸려 사라져갈, 세월이 흐르면 누구도 기억하지 못할 이름의 그저 그런 무명 가수가 자신의 운명이라는 것을 예감하고 있다. 그래서 르윈은 그런 노래를 불렀을 것이다. 아무리 애를 써도 자신 안에 숨어 있을 재능을 꺼낼 수가 없다. 저절로 나올 생각도 않는다. 그는 지쳤다. 완전히 지쳐버렸다.

뉴욕으로 돌아가는 고속도로에서 르윈은 '애크런'이라는 이정표를 지나친다. 그곳은 르윈의 아이를 임신한 채로 사라진 옛 여자친구의 고향이다. 저 멀리 불 켜진 집들이 보인다. 그곳은 눈보라 치는 어둡고 황량한 고속도로보다 따뜻해 보인다. 어쩌면 저 집에서 그의 아이가 자라고 있을지도 모른다. 침대에 누워 엄마에게 동화책을 읽어달라고 조르고 있을지도 모를 일이다. 어쩌면 그도 여자친구와 함께 아이를 키우며 자동차 수리를 하거나 전자제품 외판원으로 착실하게 살아갈 수 있었을지도 모른다. 그런 인생도 어쩌면 나쁘지 않았을 것이다. 하지만 그가 머뭇거리는 사이에 그가 살 수도 있었을 인생은 지나가버린다. 어쩔 수 없이 그는 계속해서 달려야 한다. 그의 앞날은 막막하기만 하다.

1960년대의 미국, 밥 딜런이라는 걸출한 스타의 그림자에 가린 얼마나 많은 르윈 데이비스들이 있었을까. 얼마나 많은 젊은이들이 포크송에 인생을 바치고 그것에 걸려 넘어졌을까. 결국 아무것도 되지 못한 채로 나이 들었을까.

성공하지 못할 것을 예감하면서도 계속해서 좋아하는 일을 할 수 있을까. 르윈이 아버지에게 불러주는 노래의 가사처럼, 청어 떼를 잡겠다는 꿈을 이루기 위해서는 밤낮으로 바다와 싸워야 할 것이다. 바람이 불어도, 잔잔해도, 돌풍이 불어도, 땀에 젖어도, 추워도, 나이 들어 늙어가도, 결국 죽을 때가 되어서도 우리는 청어 떼를 꿈꾸며 살아갈 것이다. 청어 떼를 만날 수 있든 없든.

재능, 노력, 운, 성공, 실패, 그게 다 뭔지 아직도 잘 모르겠다. 내가 나를 쥐어짜지 않았더라면 그나마 이만큼이라도 살 수 없었을 것이다. 하지만 희미하게 떠오르는 깨달음은 그 쥐어짬의 과정에 어떤 희열이 있었다는 것이다. 내가 도저히 도달할 수 없다고 생각했던 지점에 도달했을 때, 그로 인해 보지 못했던 것들을 보게 되었을 때의 희열 말이다. 등산이나 마찬가지다. 어쩌면 바벨을 들어 올리는 것이나, 달리기와도 비슷한 일일 것이다. 매일 만

원 전철에 오르는 것이나, 보고서의 마감 기한을 맞추는 것과 비슷한 일일지도 모른다.

그러나 동시에 그렇게까지 할 필요는 없는 것이다. 앤드류가 언제나 동경하던 전설적인 색소폰 연주자 찰리 파커, 일명 '버드'는 그의 엉망인 연주를 듣다 못한 드러머가 던진 심벌즈에 맞을 뻔한 수모를 겪었다. 그는 수치심을 못 이겨 강물에 몸을 던지거나 전화기를 끈 채 잠수를 타는 대신, 이를 악물며 연습하고 또 연습했다. 그래서 버드는 최고가 되었다. 하지만 성공 뒤의 공허함을 이기지 못해 약물에 찌들어 살다가 이른 나이에 죽었다.

정말 위험한 것은 그런 것이다. 한계를 뛰어넘을 때는 엄청난 쾌감을 맛보게 된다. 하지만 쾌감은 언제나 한 번으로는 부족하다. 조금 더 강한 쾌감이 필요하다. 결국 인간은 이 쾌감에 중독되고 만다. 쾌감과 자극으로 가득 찬 특별한 인생과 밋밋하기 짝이 없는 평범한 인생 사이에서 균형을 잡기란 쉽지 않다.

젊어서 산화해버리고 싶지도, 늙어서 회한에 젖고 싶지도 않다. 천재도 아니고 배짱도 없다. 노력하지 않으면 아무것도 얻지 못하지만, 여전히 노는 게 세상에서 제일 좋다. 유명해지거나 부자가 되는 것보다는 하루하루의 소박한 행복을 소중히 여기며 살고 싶다. 반 고흐도, 도스토옙스키도 필요 없다. 그런 내가 '그만하면 잘했다'고 생각하는 건 패자의 섣부른 자기 합리화인 걸까?

〈위플래쉬〉 속 앤드류의 아버지는 아들이 열정과 욕망에 사로잡혀 산화해버리는 대신, 소소한 삶의 기쁨을 누리다 조용히 사라지는 보통 사람의 삶을 살기를 바란다. 우리에게 생물학적인 아버지는 그런 사람이다. 그는 우리가 어떤 사람이건, 실패했건 성공했건 우리를 안아주고 다독여줄 것이다. 그는 우리가 패배했을 때 돌아갈 곳이다. 그러나 또 우리에게는 플레처처럼 사회적인 아버지도 필요하다. 그는 우리가 쉽게 포기하지 않도록, 우리가 가진 능력의 최대치를 끌어낼 수 있도록, 그리하여 결국 한계를 뛰어넘도록 채찍질할 것이다. 그를 통해 우리는 새로운 세계에 도착할 것이다. 그렇게 우리에게는 두 명의 아버지가 필요하다. 적어도 지금은 이 정도가 재능과 노력, 성공과 실패에 대해 내가 가진 견해다.

이 글을 쓸 때는 재능과 노력과 성공과 실패라는 것에 대

해서 나 자신의 인생에 한정해 생각했었다. 하지만 요즘은 내가 아닌, 내 자식들의 인생에 대해 더 많이 생각한다. 나는 어떤 부모가 되어주어야 하는 걸까? 내 아이가 부모 눈에는 뻔히 보이는 불길을 향해 뛰어들 때, 나는 그 애를 뜯어말려야 할까? 아니면 그저 그 애가 산화해버리지 않기를 뒤에서 가만히 빌어줘야 하는 걸까? 살아도 살아도 사는 건 쉽지 않다.

데이미언 셔젤 감독, 〈위플래쉬〉
조엘 코엔 · 에단 코엔 감독, 〈인사이드 르윈〉

상처와 악수하는 법

소개팅으로 만난 남자에게서 전화가 왔다.

"뭐 해요?"

"영화 보고 있어요."

"무슨 영화요?"

"조제, 호랑이 그리고 물고기들."

그러자 남자가 말했다.

"아, 장애인의 사랑을 상큼하고 산뜻하게 그린 일본 영화!"

그 말을 듣고 나는 아연실색해서 황급히 전화를 끊었다. 사실 나는 예의 〈조제, 호랑이 그리고 물고기들〉을 보면서 대성통곡하고 있었기 때문이다. 그러니 그 영화를 장애인의 산뜻하고 상큼한 사랑 어쩌고저쩌고 평하는, 센

스도 없고 감성도 무딘 남자와는 두 번 볼 것도 없었다.

〈조제, 호랑이 그리고 물고기들〉은 평범한 대학생 츠네오가 하반신 마비 장애인 조제와 사랑에 빠지는 이야기다. 맞다, 장애인의 사랑을 그린 것은. 하지만 그게 상큼하고 산뜻했다니, 이 남자 제정신인가?

내가 영화를 보고 운 이유는 조제가 나 같아서였다. 아니, 조제가 바로 나였다. 물론 그녀처럼 내 몸에 장애가 있는 건 아니다. 하지만 내게는 마음의 장애가 있다, 라고 그때는 생각했다. 왜 20대 초반쯤에는 다들 그런 생각을 하지 않나. 자신의 상처를 동족상잔의 비극, 이산가족의 아픔보다 더한 것으로 치장할 수도 있는 때가 바로 그때다. 세상만사를 나를 중심으로 바라보기 때문이다. 그래서 그때의 우정이라는 건 대가를 바라는 우정에 가깝고, 그때의 사랑이라는 건 상대를 사랑하는 나를 사랑하는 행위에 가깝다.

그 나이쯤 하게 되는 첫사랑이 실패할 확률이 높은 것도 같은 이유에서다. 내가 좋아하는 사람이 나를 좋아한다는 사실을 확인했을 때, 이 기적이 잘 믿어지지 않는다. 엄마 품에서 떨어져 세상을 나 혼자만의 힘으로 헤쳐나가야 한다는 사실을 깨닫게 된 후부터 우리는 끝도 없는 허기와도 같은 외로움과 두려움에 시달려왔다. 그런데 내게도 이제는 짝이 생긴 것이다. 유레카! 우리는 상대에게 이제껏 겪고 입었던 고통과 상처를 달래줄 것을 요구하기 시작한다. 우리가 하려는 짓은 더이상 엄마에게는 할 수 없는 짓, 그러니까 어리광이다.

그래서 조제가 츠네오를 만났을 때처럼, 업힐 수 있는 상대가 생기자 나는 그의 등에서 내려올 생각을 하지 않았다. 어쩌면 나의 첫사랑은 나를 또라이로 기억하고 있을 것이다. 아니 정정하자. 나는 또라이였다. 세상 그 누구도 나를 이해하지 못해도, 심지어 나 자신도 나를 이해하지 못하더라도 너만큼은 나를 이해해주어야 한다고 생각했다. 내가 아무리 못된 짓을 해도 너는 나를 떠나서는 안 된다고 생각했다. 이렇게 못되게 굴어도 떠나지 않으면 그것이야말로 나를 진정으로 사랑한다는 뜻이리라, 하는 멍청한 생각을 했다. 적당히 해야 했는데 너무 나갔다. 나는 호랑이를 보고 싶고 물고기를 보고 싶다는 조제처럼 끝도 없이 칭얼댔다. 당연히 그에게는 등에 업힌 내가 너무 무거웠을 테고, 견디다 못해 나를 바닥에 내팽개치고 달아나버렸다.

그래서 츠네오의 등에 업혀 아이처럼 응석을 부리는 조제를 보면서 나는 엉엉 울 수밖에 없었다. 그런 조제가 지어준 맛있는 밥을 마지막으로 얻어먹고 나와서는 새 여자친구를 만나더니 갑자기 길바닥에 쪼그리고 앉아 엉엉 우는 츠네오를 보면서는 땅을 치며 통곡했다.

사랑이 끝나면 우리는 방바닥에 엎드려 휴지를 몇 롤씩 쓰면서 울거나, 매일 술독에 빠져 살거나, 머리를 자르거나, 여행을 떠나거나, 상대에게 복수할 계획을 세우거나, 하여간 어떤 식으로든 애도의 기간을 갖는다. 이 기간이 지나고 나면 회복실을 나온 환자처럼 비틀거리며 세상 밖으로 나서게 된다. 이제 우리에게는 재활 훈련이 필요하다. 사랑 없이 혼자서 살아갈 훈련이. 그런데 그 훈련을 위한 첫걸음은 사랑이 실패로 끝난 이유에 대해 생각하는 일이다.

배르벨 바르데츠키의 『따귀 맞은 영혼』은 한때 내가 경전처럼 받들어 모시던 책이다. '마음의 상처에서 벗어나는 방법'이라는 부제를 단 책은 이런 이야기로 시작한다. 극장의 매표소에서 바로 내 앞사람에게 마지막 표가 주어졌을 때, 사무실 동료가 훈계조로 나를 비난했을 때,

애인이 거리를 두자고 했을 때, 구직에 실패했을 때, 아는 사람의 파티에 초대받지 못했을 때 우리는 마음이 상한다. 상대의 진심이 무엇인지도 모른 채 말이다. 오, 여기까지 읽으면서 나는 이 책이 내게 뭔가를 줄 수 있을 거라는 기대를 품기 시작했다.

사랑에 실패했는데 왜 연애가 아닌 인간의 심리에 관한 책을 고르는 걸까? 이제 우리는 사랑의 문제가 다른 모든 문제와 연결되어 있음을 알기 때문이다. 우리가 한 인간으로 제대로 서지 못하면 누구를 만나든 또다시 같은 실수를 저지를 것을 알기 때문이다. 상대를 계속해서 갈아치우는 걸로는 문제가 해결되지 않을 것 또한 알기 때문이다. 결국 사랑에 실패한 이유는 성적 매력이나 외모의 아름답고 추함, 물질적인 조건이 아니라 우리가 가진 인간적 결함일 가능성이 크다는 것도 알기 때문이다. 그걸 알아야 하는 건 우리가 스스로를, 심지어 스스로의 상처까지도 책임져야 하는 어른이기 때문이다.

실연을 통해 깨달은 나의 문제는 이랬다. 나는 내가 마음에 들지 않았다. 내가 원하는 기준에 도달하기에 나는 너무 부족했다. 아무리 노력해도 나를 바꾸기는 힘들었다. 나는 쉽게 좌절했고 잘 상처받았다. 동시에 사람들과 불화했고 세상과 싸웠다. 그것은 비바람이 미친 듯이 부는 날 얇은 비옷 하나만 입은 채 거리를 걷는 기분과 비슷했다. 피로하다. 몹시 피로하다. 이렇게 피로한 사람이 어떻게 제대로 된 연애를 할 수 있겠는가.

그런데 바르데츠키의 책은 단순히 '남들 생각 따위는 신경 쓰지 마라' '쿨하게 살라'고 선동하는 대신, 차근차근 마음의 상처 속으로 걸어 들어갈 수 있게 도와준다. 그리하여 우리는 자신을 이해할 수 있게 된다. 왜 별것 아닌 일에도 불같이 화를 내는지, 무엇을 두려워하는지, 도대체 그 두려움은 어디에서 왔는지. 이런 심리 치료법을 '게슈탈트 치료법'이라고 하는데, 이는 상담을 받는 사람이 잃어버린 자신의 일부를 만날 수 있게끔 돕는 치료법이라고 한다.

물론 심리서에 자주 등장하는 '내면의 어린아이를 찾아 잘 달래주라'는 판에 박힌 어조는 처음에는 솔깃하지만 자꾸 듣다보면 김이 빠지는 면이 있다. 심지어 나는 자신을 가엾게 여기는 사람들을 못 견디는 못된 성미의 소유자다. 그런데 이 책은 이런 글로 나를 홀렸다.

마음이 상하는 건 삶의 한부분입니다. 마치 우리가 매일매일의 생활에서 자신의 자존감에 공격을 받듯이 말입니다. 우리는 비판받고 거절당하고 따돌림당하는가 하면, 버림받기도 하고 배척당하기도 합니다. 또한 우리는 남들에게 사랑받고 받아들여지고 칭찬받고 선망받기도 합니다. 물론 늘 그런 것은 아니지만 말입니다. 우리가 아무리 진심으로 바란다 해도, 남들의 거부를 겪지 않고 살 수는 없습니다.

_『따귀 맞은 영혼』

바르데츠키는 우리에게 완벽한 인간이 되기를 요구하지 않는다. 남은 생을 상처 없이 살 수 있을 거라 약속하지도 않는다. 대신 상처와 두려움, 불완전함을 받아들여야 한다고 말한다.

우리는 두려움으로 인해 피해를 받지 않도록 이것을 다루는 법을 배울 수 있습니다. 두려움을 지니고 사는 것은 인간적입니다. 그리고 두려움을 우리 인생에서 완전히 제거하는 것은 불가능한 일입니다.

_『따귀 맞은 영혼』

이 말들은 지금껏 내가 들은 그 어떤 조언보다 마음을 편하게 해주었다. 나처럼 저 높은 곳에 있는 완벽함을 바라보느라 발에 걸리는 건 다 걷어차버리는 사람에게는 특히 그랬다. 바르데츠키는 '나야말로 자신을 가장 심하게 비난하는 사람, 나에게 높은 목표를 설정해놓고 어떤 실수도 용납하지 않는 장본인이 다른 누구도 아닌 자신'이라는 사실을 깨우쳐준다. 결국 연애에서나 일에서나 인간관계에서나, 삶 전반에서 내가 겪어온 어려움의 이유 역시 자신에게 거는 무거운 기대 때문이었을지도 몰랐다.

앞서 이야기했듯 바르데츠키를 비롯한 많은 심리상담가들은 우선 과거의 상처부터 스스로 달래주어야 한다고 조언한다. 물론 그런 시간도 필요하다. 하지만 내 생각에는 어느 정도 나이를 먹고 나면 그 상처는 내 일부가 된다. 조제의 장애처럼 말이다. 벗어날 수도 지울 수도 없다. 그렇다면 끝도 없이 자신을 동정하고 누군가를 원망하기보다는, 상처와 장애를 안고도 어떻게든 살아가는 법을 배워야 한다. 할머니 없이, 츠네오 없이 혼자 살아가는 조제처럼. 전동 휠체어를 타고 장을 보고, 조용한 집에서 묵묵히 요리를 하는 조제처럼. 요리가 끝난 후에는 의자에서 쿵 하고 담담하게 떨어지는 조제처럼.

사랑을 통해 우리는 나 자신에 대해 더 많이 알게 된다. 아니, 정확하게 말하자. 자신에 대해 더 많이 알게 되는 때는 사랑에 실패한 후부터다. 누군가에게 처절하게 버림받고, 가루가 날릴 정도로 자존심이 분쇄된 후에야 우리는 평생을 외면하느라 노력해왔던 자신의 진짜 모습을 똑바로 볼 수 있다. 우리가 삶에 대해 느끼는 두려움의 근본적인 이유, 우리가 가진 가장 못나고 추한 것들과 우리가 가진 가장 빛나고 아름다운 것들은 그 위에 차곡차곡 쌓아올린 허상들을 억지로 걷어낸 후에야 선명하게 보이는 것이다.

사랑이 아니었다면 아마 우리는 훨씬 덜 상처받았을 것이다. 그리고 덜 여문 채로 나이를 먹었을 것이다. 그렇게 생각하면 사랑을 하면서 저지른 나의 실수들은 필연적이었을 것이다. 하지만 만약 시간을 돌려 다시 사랑에 빠진다면 그때처럼은 하고 싶지 않다.

최소한 사랑 앞에서 나를 약자 취급하지는 않고 싶다. 나를 존중하고 또 상대를 존중하겠다. 연애에서 여자가 맡아야 할 역할에 연연하지 않겠다. 그렇다고 그 역할에서 벗어나느라 깐깐하게 굴지도 않겠다. 입을 가리지 않고 큰 소리로 웃겠다. 타협하고 또 타협하겠다. 농담을 자주 하고 장난을 많이 치겠다. 미래를 걱정하느라 현재를 불안 속에서 흘려보내지 않겠다. 소소한 즐거움을 많이 누리려고 노력하겠다. 상대를 내 취향대로 바꾸려 하지 않겠다. 나에게 없는 것을 상대에게서 찾으려고 애쓰지 않겠다. 건강한 인간이 되겠다.

그리하여 나는 〈조제, 호랑이 그리고 물고기들〉을 완전히 헛짚은 남자에게도 한 번 더 기회를 주기로 했던 것이다. 다행히 그 남자는 아직 나를 버리지 않았다. 아, 이게 다 『따귀 맞은 영혼』 덕분이다.

올해로 그 남자와는 19년째다. 솔직히 말하자면, 갈수록 마음에 든다.

이누도 잇신 감독, 〈조제, 호랑이 그리고 물고기들〉
배르벨 바르데츠키 지음, 장현숙 옮김, 『따귀 맞은 영혼』(궁리)

나의 사랑스러운 몸무게

살면서 내가 가장 많이 생각한 게 있다면 바로 내 몸무게다. 세계 평화도, 대한민국의 발전도, 내 앞날 걱정도 그에 미치지 못한다. 돌이켜보면 언제나 몸무게에 대해 생각하고 있었다. 그건 아마 내가 마르지 않았다는 사실을 자각한 중학교 시절부터였을 것이다. 하지만 나는 먹는 게 좋았고 그만큼 잘 먹었다. 스물다섯 살까지는 거짓말 하나 보태지 않고 밥을 실컷 먹고도 20분만 지나면 배가 고팠다. 먹는 대로 살이 쪘다면 아마 지금쯤 포크레인에 실려서야 밖으로 나갈 수 있을 텐데, 다행히 아슬아슬하게나마 정상 체중이다.

살을 빼고는 싶지만 실천은 쉽지 않다. 이제부터는 재료 하나하나의 맛을 음미하면서 천천히 우아하게 먹겠다는 결심은, 언제나 목구멍까지 차오를 정도로 음식을 쑤셔넣고 나서야 하게 된다. 음식만 보면 이성을 잃는 게 가장 큰 문제다. '먹을 수 있을 때 먹어두자'는 오래된 유전자가 뇌의 다른 기능을 마비시켜버리는 게 틀림없다. 이런 식으로 살다가는 평생 꿈에 그리던 몸무게에 도달할 수 없을 것이다. 운 좋게 장염에라도 걸려 살이 빠졌다 하더라도 다시 찔 것이 빤하다. 세상에는 맛있는 게 너무 많으니까. 김이 모락모락 올라오는 치킨이나 피자를 눈앞에 두고도 물만 마시거나 당근 조각을 씹을 수 있는 사람의 의지력은 내가 보기에 거의 부처나 예수급이다.

> 그들은 이게 진짜 자기 치수라고 생각하는 작은 치수의 옷을 사게 해줄 몸무게, 금지된 별미를 한입만 맛보아도 제어할 수 없는 과식의 고삐가 풀리고 말리라는 공포감을 느끼지 않고 아이스크림을 즐기게 해줄 몸무게, 혹은 추수감사절 만찬을 앞에 놓고 한입 먹을 때마다 500그램씩 몸무게가 늘겠지 하는 비참한 확신이 들지 않게 해줄 몸무게, 다시 살이 찔 거라는 불안감을 떨치게 해줄 몸무게를 고대한다.
>
> _『사상 최고의 다이어트』

'왜 모든 다이어트는 실패하는가'라는 부제를 단 『사상 최고의 다이어트』는 사실 제목만 놓고 보면 별로 읽고 싶지 않은 책이다. 이런 걸 읽을 시간에 운동장이나 한 바퀴 더 뛰겠다 싶다. 하지만 나는 아무 책이나 닥치는 대로 읽는 사람이다. 기본적으로 나는 내 자신이 별로 마음에 안 들지만, 그나마 마음에 드는 것이 있다면 무슨 허영심을 가지고 책을 읽는 사람은 아니라는 거다. 나는 정말 궁금해서, 알고 싶어서 책을 읽는다. 그 단적인 예가 바로 이런 책도 열심히 읽는다는 것이다.

마음이 비이성적인 방향으로 흘러갈 때 이성적인 책을 읽는 것은 큰 도움이 된다. 우리에게는 심신을 다스려 이상적인 몸무게에 도달하라는 격려와 선동보다는, 대부분의 다이어트가 어떻게 실패로 끝나는지, 그 과정에서 우리가 자신을 얼마나 미워하게 되는지의 가슴 아픈 메커니즘을 파헤친 신랄한 보고서가 필요한지도 모른다. 늘 "잘될 거야"라고 녹음기라도 틀어놓은 듯 되풀이하는 친구보다는 "정신 차려, 이 미친 것아!" 하고 야멸친 한마디를 가슴에 꽂는 친구에게 고마움을 느끼는 것처럼 말이다.

몸무게 때문에 걱정하는 사람들은 거의 모두 머릿속에 꿈의 몸무게를 품고 있으며, 수많은 뚱뚱한 사람들은 지금의 자신은 진짜 자기가 아니고 꿈의 몸무게에 도달한 자신이야말로 진짜 자기라고 굳게 믿게끔 되었다.

_『사상 최고의 다이어트』

가볍게 살겠다는 결심이나 날씬해 보이려는 욕망에는 아무런 죄가 없다. 남에게 피해를 입히거나 횡령, 부정 축재, 탈세 같은 짓에 비하면 장려하고 표창해야 마땅한 일이다. 문제는 살을 빼려다보면 평생을 이 몸은 내 몸이 아니고 이 몸무게도 내 몸무게가 아니라는 착각에 빠져 살게 된다는 점이다. 착각은 곧 현실 부정으로 이어진다. 결국 공들여 차곡차곡 쌓아올린 볼살과 팔뚝살, 뱃살, 허벅지살을 한심해하는 것을 넘어서, 끝내 자기 몸을 미워하게 되고야 만다.

자신이 되어야 마땅한 몸이 여기 아닌 다른 어딘가에 있다고 믿는 사람이 낭비하는 감정적 에너지는 엄청나다. 이를테면 좋아하는 남자가 생겨도 몸 때문에 자신이 없다. 뱃살을 은폐하고 허벅지살을 조여야 한다. 어느 순간부터 어깨에 끈만 달린 옷이나 짧은 반바지, 스커트는 입어서는 안 되는 옷이 된다. 더 비참한 건, 옷 가게 거울 앞에서 나보다 날씬한 여자가 옆에 서기라도 하면 거울 속 내 모습이 수치스러워 황급히 자리를 피하게 된다는 점이다. 집으로 돌아오는 내내 뚱뚱한 자신을 비난하고, 그 벌로 저녁을 굶을 것을 명한다. 그렇게 우리는 밥 한술 뜨는 데도 죄책감을 느끼면서 살아왔다. 피곤한 인생이다.

영화 〈헤어드레서〉의 주인공 카티는 초고도 비만 싱글맘이다. 아침마다 그녀는 벽에 달린 줄을 붙잡고 땅이 꺼져라 한숨을 내쉬며 자식 같은 살들을 그러모아 몸을 일으킨다. 운까지 지독하게 나쁜 카티는 절친에게 남편을 빼앗기고 딸과 함께 거리에 나앉을 처지인데, 가진 거라곤 미용사 자격증 하나뿐이다. 면접을 보러 가도 사람들은 그녀의 육중한 몸집을 보고는 기겁을 하며 쫓아낸다. 사춘기 딸은 엄마와는 말조차 섞으려 하지 않고, 믿었던 친구에게는 뒤통수를 맞는가 하면, 뚱뚱한 그녀의 몸을 사랑해준 유일한 남자는 말 한마디 없이 떠나버린다. 이 박복한 여자는 열심히 준비한 창업에 실패한 것으로도 모자라 불치병 선고까지 받기에 이른다.

그럼에도 카티는 처음부터 끝까지 시종일관 사랑스럽

다. 그녀는 다이어트에 대해서는 고민조차 하지 않는다. 누가 자기 몸에 대해 뭐라고 하면 “차별당하는 게 제 특기인걸요”라며 킥을 날릴 줄도 안다. 무엇보다 카티는 자신의 일을 정말로 사랑한다. 아무리 기분이 나빠도 누군가의 머리 모양을 환상적으로 바꿔줄 생각만 하면 입가에 절로 미소가 번진다. 그래서 카티는 어떤 불운 앞에서도 쓰러지지 않을 수 있다.

사는 건 원래 카티의 살덩어리처럼 힘에 부치는 것인지도 모른다. 우리는 매일 아침 그 덩어리들과 함께 힘겹게 몸을 일으켜야 한다. 그럴 때 모든 걸 내 잘못으로 돌리면 사는 게 힘들어진다. 내가 뚱뚱해서, 모자라서, 가난해서, 멍청해서 사람들이 나를 좋아하지 않는 거라고, 되는 일이 하나도 없는 거라고 생각해봤자 좋을 게 뭐가 있나. 이럴 때는 그저 카티처럼 지독히도 나쁜 운을 탓하는 수밖에 없다. 이번엔 운이 나빴어. 그렇지만 다음엔 좀 나아지겠지.

자, 이성적으로 한번 생각해보자. 나는 언제나 겨울이면 살이 찌고 여름이면 살이 빠진다. 그리고 내 몸무게는 평생을 비슷한 수준에 머물러 있다. 급격히 찐 적도, 급격히 빠진 적도 없다. 나는 지난 생애를 그렇게 살아왔다. 그런데 왜 항상 살을 빼겠다는 가망 없는 희망을 품었을까? 세상에는 몸무게보다 중요한 게 훨씬 많다. 하지만 가끔은 몸무게에 대해 너무 많이 생각해서 그보다 더 중요한 건 없다고 느껴질 정도다. 내가 내 몸을 사랑했다면 인생이 달라졌을까? 단 한 번도 체중을 감량해야겠다는 생각을 한 적이 없다면 지금보다 훨씬 행복하거나 성공적인 인생을 살 수 있었을까? 외로워서, 사람들에게 사랑을 받고 싶어서 살을 빼려고 하는 걸까? 모를 일이다.

한 가지 아는 것이 있다면, 정말 보기 좋은 여자들은 날씬하든 뚱뚱하든 생기가 넘치는 여자들이란 사실이다. 자신을 긍정하고 인생을 긍정하는 여자들, 바로 카티 같은 여자 말이다. 내 몸무게를 인정하는 건 곧 자기 자신을 인정하는 것이다. 조금 뚱뚱하더라도 그냥 받아들이고, 주어진 한에서 최선의 삶을 살아가는 것이다. 날씬해지는 건 그다음 문제다.

아무리 발버둥을 친들 먹는 걸 좋아하는 내 몸의 살들은 꿈쩍도 하지 않을 것이다. 내 허리나 허벅지 둘레가 10센티미터쯤 가늘어져서 26인치 청바지도 헐렁해질 가능성은 인류가 암을 정복할 가능성에 비할 만할 것이다.(그러니까 아예 불가능하지는 않다는 얘기다.) 게다가 나이를 먹을수록 날씬해질 가능성은 더더욱 낮아질 것이다. 결국 나는 이 살들을 이고 지고 살아갈 수밖에 없다는 사실을 받아들여야 한다. 그래, 바로 그게 초고도 비만 헤어드레서 카티의 무한 긍정 에너지의 원천일지도 모른다.

아, 그래서 『사상 최고의 다이어트』의 결론이 뭐였느냐 하면, 다이어트는 인간의 의지로는 달성하기 힘든 목표라는 얘기였다. 그러니 요행 부릴 생각하지 말고 죽을 때까지 건강 관리를 열심히 하라는, 뭐 그런 지당하신 말씀. 아, 여기까지 쓰느라 뇌를 풀가동했더니 배가 고프다. 부엌에 가서 뭐 먹을 게 없는지 찾아봐야겠다. 긍정적으로 살기 위해서는 우선 배부터 든든하게 채워야 하니까.

40대가 되니 20대 때보다 평균 몸무게가 5kg가량 늘어 있다. 심지어 밥을 굶어도 살이 빠지지 않는다. 어디 수용소 같은 데 끌려가지 않는 한 다이어트는 어려울 것 같다. 70대가 지나면 다시 살이 빠진다고 하니, 그때를 기대해보자.

지나 콜라타 지음, 김지선 옮김, 『사상 최고의 다이어트』
도리스 되리 감독, 〈헤어드레서〉

이 세계를 걷는 나만의 방식

나는 남의 조언을 듣는 것을 좋아하거나, 심리 상담을 받거나, 기도를 하거나, 점을 보러 다니는 타입은 아니다. 그런 나에게도 살아가는 일은 두렵고 막막하고 혼란스럽다. 그럴 때 나는 무엇을 하는가 하면, 책장에 꽂힌 좋아하는 책들을 하나씩 뽑아서 읽는다. 책은 나의 은밀한 친구이자 상담자, 구루다. 책을 읽으면서 나는 몰랐던 엄청난 사실이 아니라, 잊고 있던 중요한 진실들을 다시금 깨닫는다. 마음을 다잡고 초심으로 돌아갈 용기를 얻는다.

실은 나는 만화나 웹툰에 별로 관심이 없는데, 마스다 미리에게만큼은 호감을 갖고 있다. 특히 내가 좋아하는 책은 『주말엔 숲으로』. 제목마저 산뜻한 이 책 속의 세 주인공 하야카와, 마유미, 세스코는 도쿄에 사는 여자 친구들이다. 그중 하야카와는 문득 '그래, 시골에서 살자' 결심하고는 여행이라도 떠나듯 가볍게 시골로 가버린다.

보통 젊은 여자가 시골에서 살겠다고 하면 대단한 결심이 필요할 것 같지만 하야카와에게는 그렇지 않다. '그냥 한번 해보지, 뭐' 마인드인 이 유연한 여자는 시골에 산다고 농사를 짓는다거나 슬로 라이프를 추구하지도 않는다. 텃밭 농사는커녕 택배로 채소를 배달해 먹고 친구들이 도쿄에서 사 온 맛난 디저트를 반가워한다. 하야카와가 인생의 무대를 옮기는 데는 그 어떤 거창한 슬로건도 필요하지 않다. 이런 삶을 살아야 한다, 저런 사람이 되어야 한다며 스스로를 속박하지도 않는다. 하야카와는 그저 물 흐르듯 담담하게, 자신이 살고 싶은 삶을 조용히 살아나가는 사람이다.

도쿄의 친구들은 하야카와네에 놀러 와서 함께 숲을 산책하고 카약을 탄다. 이 담백하고 깊이 있는 만화책에는 종종 마음에 새겨둘 만한 구절들이 등장하는데, 그건 이런 식이다. 숲 산책을 갔다가 해가 지자 헤드라이트를 켜고 걷던 하야카와는 친구 세스코에게 숲에는 돌이나 나무뿌리가 있어서 어두울 때는 발밑보다는 조금 더 멀리 보면서 가야 한다고 말한다.

도쿄의 여행사에서 일하는 세스코는 팍팍한 일상을 보내던 중 손님들의 무례함에 지쳐 일을 그만둘까 생각한다. 그러다 문득 숲에서 들은 하야카와의 말을 떠올리게 된다.

> "조금 더 해보고 정말로 싫어지면 그때 그만두면 돼. 부러지지 않도록 부드럽게. 어두운 곳에서는 바로 발밑보다 조금 더 멀리 보면서 가야 해."
>
> _『주말엔 숲으로』

"어두울 때는 발밑보다 조금 더 멀리." 작은 불상사가 생겨도 그것을 열 배쯤은 뻥튀기해서 생각하고, 한 치 앞만 보며 전전긍긍하는 나에게 이것은 가슴에 압정으로 꽂아두고 싶은 말이다. 일이 잘 안 풀릴 때, 힘들 때, 혼란스러울 때 발밑만 보고 걷다가는 앞으로 닥칠 크고 작은 위험들에 걸려 넘어질지도 모른다. 현재의 어려움에 파묻혀 허우적대다가 잘못된 길로 발을 들일 수도 있다. 그럴 때는 발밑보다 조금 더 멀리 보면서 내가 어디에 있는지, 어디로 가고 있는지를 살펴야 한다. 그러고 난 후에 지금 할 수 있는 일과 해야 할 일이 무엇인지를 차분히 알아내야 하는 것이다.

하야카와는 또 다른 친구 마유미에게 카약 타는 방법을 가르쳐주며 바다에서는 긴 카약이 더 좋을 거라고 이르기도 한다. 긴 카약이 똑바로 나가고 안정감이 있기 때문이다. 큰 바다에서 목적지를 향할 때는 똑바로 나가는 것이 빠르고, 강이나 호수에서는 작게 회전할 수 있는 것이 편리하다. 똑바로 나갈 것인지, 작게 회전하면서 빠져나갈 것인지, 상황에 맞는 것을 선택하면 된다.

회사에서의 인간관계가 힘들어졌을 때 마유미는 하야카와의 말에 빗대어 '회사는 커다란 바다가 아니다. 바다보다 좁고 작은 곳이다. 게다가 바위도 있고 굴곡도 있다. 똑바로 나아갈 수 없는 곳을 직진용의 긴 배로 가려고 하면 언젠가 고장날지도 모른다. 작게 회전하면서 빠져나갈까'라며 마음을 다잡는다. 이렇듯 숲을 산책하며 하야카와와 나눈 이야기는 친구들이 녹록지 않은 도시의 삶을 헤쳐나가는 버팀목이 된다.

『고등어를 금하노라』는 독일 뮌헨에서 문화재 실측조사 일을 하는 중년의 한국 여성 임혜지가 쓴 에세이다. 누군가는 이 책이 지나치게 궁상스럽다고 평했는데 그 말을 듣고 나는 충격을 받았다. 만약 그렇다면 나는 지나치게 궁상스러운 인생을 동경하는 여자인지도 모르겠다. 나는 이 책을 정말 좋아하기 때문이다.

한국인인 그녀와 독일인 남편과 아들, 딸로 이루어진 이 가족은 그녀의 소개에 따르면 '산사태를 일으켜 세상을 바꾸겠다는 소명 의식이나 선각자로서 좋은 일을 주도한다는 공명심에서가 아니라, 내가 내 삶의 주인인데 옳다고 생각하는 길을 가지 않을 핑계가 없다는 소박한 이유에서 주인으로서의 자존심을 지키려고 노력하는 사람들'이다. 책 속 가득 적힌 이 가족의 당차고도 품위 있는 삶의 방식은 관성처럼 사는 대로 생각하고 있는 나 자신을 종종 돌아보게 만든다.

그들 가족은 크루아상 하나도 둘이서 나누어 먹고, 좁고 추운 아파트에서 복닥거리며 사는 것은 물론, 물을 아끼기 위해 욕조 목욕 대신 샤워를 하며, 바다가 가깝지 않은 독일에서 고등어를 먹는 것은 사치이기에 금지하고, 오랜 세월 자가용 없이 자전거를 타고 다닌다. 다달이 기본적으로 드는 생활비가 높으면 높을수록 사람은 생존이 부담스럽고 선택의 자유가 줄어들며 물질의 고마움을 모르게 될 것이라 믿기 때문이다. 그러나 이 모든 것은 그저 돈을 아끼기 위해서가 아니다. 그들은 그렇게 아낀 돈을 좋은 일에 흔쾌히 기부한다. 그리고 수입이 줄어들 때마다 걱정하고 불안해하기보다는, 자신보다 못한 사람들의 처지에 마음을 쓰는 품위 있는 삶을 사는 사람들이다.

> 내가 좋아하는 일을 할 수 있는 이유도 돈 벌기를 포기해서다. 버는 돈의 액수가 아니라 나의 만족도로 일을 평가하기에 내가 항상 즐겁게 일하는 것처럼 보이는 것이다. 어쩌다 돈의 액수로 나의 값어치와 자존심을 매기는 실수를 범할 때도 있는데, 그럴 때마다 나는 항상 초라한 패자가 된다. 내가 암만 돈을 많이 받아도 내 위에는 승자들이 층층 계단처럼 한없이 존재하기 때문이다. 자본주의 사회에 살면서 평가의 기준을 돈에 두는 한 나는 항상 패자로서 우울할 수밖에 없다. 나는 소중한 존재이고 내 노동력 또한 소중하기 때문에 그 평가를 남에게 맡기거나 돈으로 재고 싶지 않다.
> _『고등어를 금하노라』

임혜지는 좋아하는 일을 하는 대가로 학력에 비해 적은 보수와 실력에 비해 낮은 사회적 위상을 떳떳하게 감수한다고 말한다. 좋아하는 일을 하며 돈도 많이 벌고 명예도 얻는다면 그보다 더 좋을 수 없겠지만 우리는 그것이

극소수에게나 찾아오는 특별한 행운, 혹은 환상임을 안다. 모두 가질 수 없다면 하나만 가져도 좋다는 이 씩씩한 중년 여성은 이런 삶의 철학들을 자신의 생활로 증명하는 사람이다. 그녀는 허공을 떠도는 좋은 이야기들이 아니라 스스로 한 걸음씩 내딛어보고 깨달은 것만을 투박하고 단단한 언어로 말한다. 이 책의 빛나는 가치는 바로 거기에 있다. 임혜지는 자신의 말대로 유명하거나 대단한 사람은 아니다. 하지만 하루하루를 살아가기 위해서 필요한 것은 유명하거나 대단한 사람의 훈계가 아니라, 나와 비슷한 삶을 살아가는 엄마나 언니의 조언이 아니던가.

아이들을 잘 키우기 위해 돈 대신 시간을 선택하는 인생을 살기로 한 우리 부부는 꼭 필요한 물건만 사고 꼭 필요한 일만 하는 데 불편함을 못 느낄뿐더러 부끄러움도 없다. 케이크 한 조각도 꼭 둘이서 나눠 먹고, 웬만한 거리는 걷거나 자전거를 탄다. 이발비를 아끼기 위해 남편과 아이들의 머리는 내가 집에서 직접 깎아준다. 또 환경보호를 위해 자가용을 굴리지 않고, 제철 채소와 과일을 사 먹고, 철저하게 쓰레기를 남기지 않는다. 이런 사소한 생활 습관은 돈을 절약하는 데 한몫한다. 최저 생활비를 유지하는 이런 습관 덕에 수입이 암만 적어도 돈이 남으니까 돈으로부터 자유롭다.

_『고등어를 금하노라』

아이 둘을 낳고 키우면서 나는 애초부터 이 아이들을 대한민국의 비정상적인 입시 전쟁으로 내몰고 싶은 생각이 없었다. 이를 위해 아이들을 사교육 시장에 던져넣고 싶지도 않았으며, 하기 싫어하는 것을 억지로 시키고 싶은 마음도 없었다. 나의 인생을 돌이켜보아도 살아가면서 가장 중요한 것은 하루하루 즐거운 마음을 갖고 주위 사람들과 정답게 지내는 것이었기 때문이다. 자신의 뜻대로 살아가지 못하는 삶이, 자기 자신과 불화하는 삶이 얼마나 불행한지 나는 잘 알고 있다.

그렇다고 해서 공부를 못하거나 꿈이나 목표 없이 살아도 괜찮다는 뜻은 아니다. 그저 아이들이 자기 마음속의 속도계에 맞춰 배우고 익히고 만나며 살아가기를, 그런 자신의 삶을 사랑할 수 있기를 바랐다. 조금 부족하고 뒤처질지언정 언제나 다른 사람과 비교하고 경쟁만 하지는 않기를 바랐다.

그래서 아이가 유치원에서 유일하게 한글을 모르는

아이라도 나는 괜찮다고 생각했다. 남보다 좀 늦되어도 상관이 없었다. 인생 전체로 볼 때 한글을 조금 늦게 배우는 것은 아무런 문제가 아니기 때문이다. 그런 것으로 호들갑을 떠는 부모들을 보면 좀 유난스럽다 싶었다.

하지만 나 역시 아이들이 새로운 것이라면 덮어놓고 하기 싫다고 할 때, 대안학교에 다니느라 성적과는 담쌓고 사는 것처럼 보일 때, 도대체 아이들의 학업 수준이 어느 정도인지 가늠조차 할 수 없을 때, 저러다 낙오자가 되는 게 아닐까 걱정이 되어 잠 못 이룰 때가 있다. 그럴 때 임혜지의 책은 나에게 말한다. 잠깐 걱정을 멈추고 숨을 가다듬으라고. 인생에서 정말로 중요한 것들을 다시 한 번 떠올려보라고. 내가 믿어왔던 가치들을 잊지 말라고.

자기 인생의 주인으로 산다는 것이 얼마나 행복한 일인지 경험하고, 그렇게 되기 위해서는 자립을 통한 자유가 필요하다는 사실을 경험한 나는 아이들의 자율성을 어려서부터 존중했다. 아이들의 관심사가 무엇인지 관찰하고 내가 거기에 맞췄다. 책을 많이 읽어줬지만 아이들이 글자에 관심을 보이지 않았기 때문에 굳이 가르치지 않았다. 그래서 우리 아이들은 초등학교에 입학할 때 제 이름도 제대로 쓰지 못했다. 학교에서 스스로의 힘으로 하나씩 배워가는 기쁨을 맛보는 것이 인생에 유익한 일이지, 그 나이에 남보다 조금 더 먼저 안다는 게 무슨 의미가 있을까?

_『고등어를 금하노라』

내가 살고자 하는 모습은, 내가 가고자 하는 길은 다수가 옳다고 믿는 것과는 다를지도 모른다. 그런 사실이 나는 가끔 두려워진다. 어느 날 갑자기 낯선 나라의 낯선 거리에 떨어진 이방인이 된 느낌이다. 소심한 내게는 삶을 위한 가이드북이 필요하다. 내가 지금 어디에 서 있는지, 어디로 가야 하는지 알려줄 가이드북이.

이 두 권의 책은 내게 그런 가이드북이 되어준다. 이 책들을 통해 나는 깨닫는다. 내가 원하는 삶의 모습이 남들과는 조금 다를지라도, 아주 작은 것부터 내가 원하는 방향으로 움직이기 시작한다면 어느덧 내가 원하던 삶에 가까워져 있을 것이라고. 하야카와가 말한 대로, 발밑이 아닌 더 먼 곳을 비추어나가다보면 결국엔 그곳에 다다를 수 있을 테니까.

자녀 교육에 관한 나의 생각은 여전히 달라진 것이 없으나, 생각과 행동이 다른 것이 문제다. 아니, 겉으로 하는 말과 속마음이 달랐다고나 해야 할까? 내가 아이들에게 공부를 강요하지 않은 이유는, 시키지 않아도 잘할 거라는 근거 없는 믿음 때문이었다는 걸 오랜 후에야 깨달았다. 내 아이들은 결국 공부를 못하는 아이들로 자라버렸다. 이럴 수가. 이제 나는 공부를 못하는 아이들의 엄마로 살아가는 법을 배우는 중이다.

마스다 미리 지음, 박정임 옮김, 『주말엔 숲으로』(이봄)
임혜지 지음, 『고등어를 금하노라』(푸른숲)

이것으로 충분한 행복

어릴 때부터 남의 집 구경하기를 좋아했다. 요즘은 대부분 아파트에 살아서 이 집이나 저 집이나 판에 박힌 듯 똑같지만 예전엔 그렇지 않았다.

비좁은 골목길에 있는 친구의 어두운 한옥에 놀러 가면 사시사철 툇마루에 앉아 계시던 그 애의 할머니가 물고구마를 잔뜩 삶아주셨다. 그 애의 집은 곧 무너질 것처럼 위태로웠다. 유치원 때는 친구와 함께 길을 걷다가 인형을 들고 집 앞에 앉아 있는 어떤 아이를 만났는데 그 애 엄마가 나와서는 "우리 ○○이랑 같이 놀아라"며 집으로 초대한 적도 있었다. 우리는 2층에 있는 그 애의 중학생 오빠 방에 들어가 일기장을 몰래 훔쳐 읽곤 했다.

또 다른 친구의 집은 기찻길을 따라 한참을 걸어가야

하는 곳에 외따로 떨어져 있었다. 그 집은 꼭 동굴 같았고, 철로 바로 옆이라 기차가 지날 때마다 귀를 틀어막아야 했다. 다른 친구네 집 TV 위에는 하얀 손뜨개 커버와 울긋불긋한 조화가 조신하게 앉아 있었고, 또 다른 친구네 집은 일제 강점기 때 일본인들이 살던 집이었는데 그 애 방의 바닥에 있는 뚜껑을 열면 땅굴로 향하는 비밀 통로가 나왔다.

그때는 비좁은 아파트 대신 이층집에 살아보는 게 꿈이었다. 1층엔 친한 친구네가 살고 2층에는 우리 가족이 살면 좋을 것 같았다. 2층에서 1층까지 내려가는 미끄럼틀도 만들고 싶었다. 옥상에서 다 함께 저녁을 먹고 싶기도 했다. 빨간머리 앤이 사는 초록색 지붕 집도 부러웠고 삐삐 롱스타킹의 나무 위 오두막도 괜찮아 보였다. 어떤 집에서 살든 다락은 있어야 했다. 그건 포기할 수 없는 소녀의 로망이었으니까.

그때는 모든 집에 삶이 배어 있었다. 요즘은? 잘 모르겠다. 다들 상자 같은 아파트에 살고 있으니 서울 도심에 사는 사람이나 제주도 서귀포시에 사는 사람이나 생활 패턴은 비슷하지 않을까 싶다. 따뜻한 물이 콸콸 나오는 욕실에서 손발을 씻고 부엌 냉장고에서 사과 한 알이나 맥주 한 캔을 집어 든 후 거실의 소파에 길게 누워 TV 리모컨을 드는 식으로.

나는 지금 낡고 어둡고 추운 단독주택에 세 들어 살고 있는데, 내 집도 아닌 이 집을 개조하는 평면도를 낙서처럼 그려보고는 한다. 어떤 때는 집을 'ㄱ'자로 배치하고 출입구를 집 뒤로 해서, 비좁은 골목을 둘러가야 '짠!' 하고 마당이 나올 수 있게 그린다. 옥상에 선베드를 놓기도 하고, 마당에 나무를 심었다가 베었다가도 한다. 여전히 다락은 있다. 내가 그린 이 평면도에는 행복에 대한 나만의 비전이 담겨 있다.

저는 집의 가치는 면적이 아니라, '편히 쉴 수 있는 공간의 수'로 결정된다고 믿습니다. 커다란 식탁을 둘러싸고 허물없는 친구와 홀짝홀짝 술잔을 나누면서 수다를 떨어도 좋습니다. 툇마루에 펴놓은 돗자리 위에서 따뜻한 오후의 햇살을 받으며 깜박 졸아도 좋습니다. 때로는 골똘한 표정으로 책상에 앉아 일에 열중해도 좋습니다. 난로 앞에서 바지런히 장작으로 불을 지펴도 좋습니다. 다락에 올라가 나뭇가지에 걸터앉은 기분으로 책 속으로 빠져들어도 좋습니다.

_『집의 초심, 오두막 이야기』

글 쓰는 건축가 나카무라 요시후미는 산 중턱의 땅에 자신을 위한 작은 오두막을 지었다. 멋부리지 않았지만 멋스럽고, 풍경에 잘 어우러지면서도 풍경을 돋보이게 하며, 겸손하지만 우아한 그런 집을 말이다. 심지어 이 집은 에너지 자급형 주택이다. 전기도, 수도도, 가스도 연결하지 않았다. 그가 직접 고안한 빗물 급수 시스템으로 생활용수를 충당하고, 풍력과 태양열로 전기도 만들어 쓴다. 숯불을 넣은 풍로로 가스레인지를 대용하며, 14평 면적의 집에서 15명이 잘 수 있는 시스템도 고안했다. 이 호기심 많고 모험심 넘치는 건축가는 굵은 나뭇가지를 모양 그대로 잘라 간이 테이블의 다리로 만들고, 대나무 꼬치들을 빽빽하고 둥글게 묶어 칼꽂이로 사용하는 등 생활의 작은 멋도 놓치지 않는다.

무엇보다 인상적인 것은 그의 야심작이라 할 수 있는 오두막 욕실이다. 집과 멀찍이 떨어진 곳에 자리한 이 욕실은 약 1.75평 크기로, 그 절반을 물을 직접 데울 수 있는 아궁이와 철제 욕조가 차지하고, 나머지 절반이 탈의실 겸 서재 겸 침실이다. 나카무라 요시후미는 이 오두막에 들어설 때면 마치 둥지로 돌아온 작은 새가 된 것처럼 만족과 안도와 달관을 고르게 섞은 감정이 물밀듯이 밀려온다고 표현한다.

> 바닥을 파낸 다음에 화로를 묻어 걸터앉을 수 있는 공간을 마련하고, 작은 책상을 마주하는 눈앞에는 들과 산을 바라볼 수 있는 창문을 설치했습니다. 발끝이 시린 계절에는 화로를 묻은 바닥에 보온 물주머니를 두고 그 위에 다리를 얹습니다. 창문은 봉으로 들어올려 고정하는 허술한 판자문이지만 판자문 안에 투명한 유리를 끼웠기 때문에 닫아두어도 밖의 상황을 알 수 있고 제대로 빛도 들어옵니다. 잘 때는 책상을 치우고 화로를 묻은 사각 구멍에 뚜껑을 덮고 이불을 폅니다.
>
> _『집의 초심, 오두막 이야기』

신도시의 아파트에 살던 나와 내 가족이 처음 변두리의 단독주택으로 이사를 간다고 했을 때 들었던 말들, 표정들은 대충 이런 것이었다. '미쳤네, 미쳤어.' 사실 그건 그냥 이사가 아니었다. 좀 거창하기는 하지만, 내 나름대로는 대도시 평범한 중산층의 판에 박힌 삶의 궤도에서 벗어나는 첫발을 내디딘 것이었다.

내가 살고 싶은 집을 꿈꾼다는 것, 내가 살고 싶은 집에서 살아간다는 것은 그 누구의 인생도 아닌 나만의 인생을 살아가기 위한 노력의 일환일 것이다. 그리고 나만의 인생을 살아가기 위해서는 행복에 대한 나만의 정의, 그리고 그것을 실천하기 위한 용기가 필요하다. 모든 사람의 인생이 판에 박힌 듯 비슷한 사회에서는 더욱 그렇다. 모난 돌이 정 맞는 사회라면 더더욱 그렇다.

초중고를 거쳐 대학을 마친 후 번듯한 직장에 다니다가 서른 즈음에는 결혼을 하고 아이를 둘쯤 낳아야 한다. 남자는 낮에 회사에 나가야 하고, 여자는 조신하게 살림을 해야 한다.(하다못해 맞벌이도 조신하게 해야 한다.) 아이들은 학교 열심히 다니며 부모님 말씀, 선생님 말씀을 잘 들어야 한다. 웬만하면 아파트에 살아야 하고, 아이들이 자라면 30평형대 이상으로 옮겨야 하며, 냉장고는 양문형, 세탁기는 드럼식, 김치냉장고와 평면 TV와 에어컨과 식기세척기와 건조기도 갖춰야 한다. 사람들은 이런 삶을 '행복'이라고 말한다. 그리고 나 역시 그런 줄 알았다.

그런 삶에 턱걸이로 겨우 매달려 있었건만 사실 나는 그런 삶을 원하지 않았다. 아파트는 편했지만 정이 가지는 않았다. 창밖으로 산이나 바다 풍경을 보며 자란 나에게 커다란 베란다 창밖으로 보이는 다른 아파트들은 도무지 적응이 되지 않았다. 커다란 냉장고도, 커다란 TV도, 커다란 집도 나는 원하지 않았다. 내가 좋아하지도 않는 이런 생활을 유지하기 위해 평생 안간힘을 쓰며 살아야 할 생각을 하니 끔찍했다. 그래서 나는 집을 옮기는 것으로 내가 살고 싶은 인생을 찾아가는 여정을 시작한 것이었다.

그러나 막상 이사를 결정해 놓고는 범죄나 화재 등의 온갖 시나리오를 떠올리면서 몇 달 동안 잠을 못 이뤘다. 마음의 안정을 찾기 위해 단독주택에서 살아본 사람들의 이야기를 인터넷에서 검색해서 읽었는데, 이사하고 몇 년이 지나도록 단 한 번도 창문을 연 적이 없다는 사람도 있었다. 나 역시 그렇게 될까 걱정이었다.

늦가을에 이사를 하고 첫 겨울이 지났다. 그해 겨울은 정말이지 혹독했다. 집은 말도 못하게 추웠다. 아파트에서처럼 한겨울에도 반팔 티셔츠에 맨발로 홑이불 한 장 덮고 생활하는 것은 불가능했다. 옷을 몇 겹씩 껴입고 두툼한 이불까지 새로 장만했다. 그렇게 추운 겨울이 지나고 영원히 오지 않을 것 같은 봄이 도착했다. 태어나서 봄이 그렇게나 감동적이었던 적도 처음이었다. 손바닥만 한 마당 위에 햇살이 금빛 자리처럼 깔리고, 골목의 앙상한 나무마다 잎이 돋고 꽃이 피고 새가 지저귀었다. 우리는 겨우내 그리워했던 햇볕을 쬐며 나비와 벌이 날아드는 마당에서 오랫동안 시간을 보냈다. 과연 이런 행복을, 아파트에 살면서 누려본 적이 있었던가.

도시 근교 200여 평의 텃밭, 30여 평의 숲, 35년 된 작은 통나무집. 이 집에는 80대의 노부부가 산다. 꼼꼼한 할아버지 슈이치 씨와 부지런한 할머니 히데코 씨. 36년 전에 이 땅에 이사 온 후 손수 자갈밭을 일구고 나무들도 심었다. 하루도, 한 시간도 헛되이 쓰는 일 없이 부지런하게 씨를 뿌리고 채소와 과실들을 돌보고 거두고 갈무리해 저장한다. 뜨거운 물도 나오지 않는 작디작은 부엌에서 온갖 요리를 만들고 케이크까지 굽는다. 직접 고안한 화로에서 베이컨도 굽고 베틀로 천도 짠다. 짬짬이 손님 접대도 하고 가족과 친구들에게 줄 선물도 포장하는 매일매일. 할아버지, 할머니의 일상이 담긴 사진과 글들을 들여다보고 있으면 이상하게 행복해진다.

> 저는 어느 쪽인가 하면, 좋고 싫은 것이 확실하고, 그것을 머리가 아닌 가슴으로 느끼는 쪽이에요. 그래서 생활에 필요한 소품 하나를 고르는 일에서도 이런 기질이 엿보이곤 하지요. 결혼한 후에는 요트에 슈우탕의 월급 대부분이 쓰였고, 그 외에 쓸 금전적 여유가 없었기 때문에 더욱 좋아하는 물건, 오래 쓰는 물건, 다음 세대에 전해줄 수 있는 물건으로 신중하게 고르게 되었어요.
>
> _『내일도 따뜻한 햇살에서』

뜨거운 물이 나오지 않으니 물을 끓여 쓰거나 어젯밤 안고 자던 유탄포 속의 식지 않은 물로 설거지를 한다. 오래 써서 천이 다 해어진 의자에 베틀로 새로 짠 천을 씌운다. 1년 내내 같은 옷을 입고, 해어지거나 찢어지면 기워서 입는다. 손에 잡히는 수건들을 대충 허리에 동여매고 옷핀으로 찔러서 앞치마처럼 쓴다. 충동구매는 하지 않고 가구 하나를 사더라도 좋은 브랜드의 물건만 시간을 두고 하나씩 구입한다. 좋아하는 식기도 하나씩 사모아 보관해 뒀다 나중에 딸과 손녀에게 물려주려 한다. 남편의 오래된 손목시계 밴드가 끊어지자 할머니는 가죽끈을 달아 회중시계로 만들어주고는 조금씩 돈을 모아 새 밴드를 사주겠다고 한다. 그러자 할아버지는 이렇게 답했다고. "이걸로 충분하다오."

없어도 사는 데 지장 없을 불필요한 물건들은 다 내다버리고 선방처럼 깨끗하고 고요한 공간에서 살아가자는 취지의 '미니멀리즘'이 요즘의 대세라면, 이들의 인생은 맥시멀한 미니멀 라이프다. 그들이 무한대로 가진 것은 풍요로운 자연이다. 그 속에서 그들은 불편하고 부족하고 비좁은 살림살이에도 크게 개의치 않고 씩씩하게, 즐겁게, 멋스럽게 살아간다.

그런데 나는 미니멀리즘이라는 단어를 들을 때마다 한때 텅 빈 아파트에 작은 스탠드 조명 하나만 두고 생활했다던 스티브 잡스가 떠오른다. 불필요한 물건에 짓눌리며 살지 않는 것, 내게 정말로 필요한 물건들을 아껴가며 오래오래 쓰는 건 중요한 일이다. 정신없는 소비 사회에서 살아가면서 '이 많은 것들이 다 필요한 것이 아니었구나' 하고 자각하는 것은 정말 중요한 일이다. 하지만 그것이 무슨무슨 '이즘'의 세계로 들어간다면 지나치게 의식적이거나, 또는 유행을 따라가는 일이 아닐까 싶어서 실소가 나온다. 무언가를 이루고 보여주기 위해 매 순간 노력해야 하는 생활은 부자연스럽지 않은가? 어쩌면 '미니멀리즘 스타일'의 가구나 가전제품, 소품, 패션 같은 것들도 비슷한 맥락이겠지.

대신 슈이치 할아버지, 히데코 할머니의 이것으로 충분하다는 말에 길이 있는 것 같다. 중요한 것은 이것으로도 충분하다는 마음이 드는 것이지, 욕망을 누르고 잘라내는 데 있지 않다. 그런 식으로는 오래갈 수 없다는 것이 내 생각이다.

잡목림에서 불어오는 가을바람이 조금 더 차가워지면, 히데코 씨와 슈이치 씨는 다가오는 겨울에 대비해 방 꾸밈새를 바꿉니다. 식기장에 놓여 있던 유리그릇은 따뜻한 느낌을 주는 유기그릇이 대신하고요. 침대 커버와 쿠션 커버는 면과 마 소재에서 부드러운 울 소재로 바꿔줍니다. 좀 더 따뜻하고 편한 느낌으로 단장한 실내에서 겨울의 추위를 건강하게 이겨내고자 하는 지혜일 것입니다. '그러고 보니 요즘 들어 창가에 아침 해가 드는 시간이 부쩍 늦어졌구나' 하고 생각합니다.

_『내일도 따뜻한 햇살에서』

집이라는 것은 그 안에서 살아가는 나와 내 가족의 하루하루를 규정할 것이다. 자연과 조금 더 가까운 골목길 안, 이 작고 오래된 주택에서 우리는 계절의 변화를 더 진하게 느끼는 사람들이 되었다. 아랫집이 없기에 아이들은 눈치 보지 않고 신나게 뛰면서 자랐다. 눈이 많이 온 날, 낙엽이 많이 떨어진 날에는 땀이 나도록 골목을 쓸고, 뜨거운 여름에는 마당의 고무 풀장에 물을 받아놓고 들어가 열을 식힌다. 햇살과 바람의 냄새가 듬뿍 배어 바짝 마른 빨래를 거둬들이는 재미도 쏠쏠하다. 망가진 곳, 허술한 곳을 직접 고쳐가며 살았기에, 아이들이 이 집에서 유년기를 다 보냈기에, 그만큼의 추억과 정이 쌓였다. 그러면서 우리는 점점 이 집을 좋아하게 되었다. 편해서 좋다, 넓어서 좋다는 것이 아니라 장점도 많고 단점도 많은 어떤 사람을 좋아하는 것처럼, 그렇게 좋아하게 되었다.

저는 미요타의 오두막에서 가벼운 마음으로 시도해본 '선과 관으로 연결되지 않는 집'에 관한 실험이 비록 지구 전체를 아우르는 문제에 대처하는 일까지는 아니더라도 개인의 삶에 밀착된 문제에 대처하는 일이었다는 사실을 깨달았습니다. 오두막살이는 때때로 불편하고 갑갑하지만, 되돌아보면 그 불편함과 갑갑함을 생활의 지혜와 창조의 정신으로 극복하는 과정이나 먹고사는 기본적인 생활 행위를 자신다운 방식으로 유쾌하게 영위하는 과정에 그 묘미가 있었다고 말할 수도 있겠지요.

_『집의 초심, 오두막 이야기』

내가 계속해서 신도시의 아파트에 살았더라면 어땠을까, 하는 생각을 종종 해본다. 아마 해마다 치솟는 전세금의 압박을 견뎌내기 힘들었을 것이다. 사는 모습을 바꾸고 싶어도 강단이 없어 엄두를 내지 못했을 것이다. 계절이 오고 가는 것을 몸으로 느낄 겨를도 없었을 것이고, 그 과정에서 나의 마음도 알게 모르게 시들어갔을 것이다. 물론 아파트에 산다고 불행해진다는 건 말도 안 되는 얘기니까, 나름 행복하게 살았을 것이다. 하지만 지금보다 더 행복했을까? 모를 일이다.

모를 일을 알아보기 위해 지금은 아파트로 다시 돌아왔다. 아니, 사실 안방 천장에서 폭포수처럼 물이 쏟아지던 날, 단독주택에 오만 정이 다 떨어졌다. 그 후 언덕 위의 낡은 빌라로 이사해서 2년쯤 더 살고(따뜻한 집이었다), 동네가 재개발되어 동인천의 아파트로 쫓기듯 이사를 온 것이다. 이 집은 지금껏 우리가 산 그 어떤 집보다 넓고 편하고 근사한데, 아무리 살아도 좋아하게 되지는 않는다. 그건 왜일까?

나카무라 요시후미 지음, 이서연 옮김, 『집의 초심, 오두막 이야기』(사이)
츠바타 슈이치 · 츠바타 히데코 지음, 오나영 옮김, 『내일도 따뜻한 햇살에서』(청림Life)

걷다보면 알 수 있을까

고레에다 히로카즈 감독의 영화를 보고 나면 가끔 영화 속 인물들의 안부가 궁금해진다고 누군가 말했다. 그것은 아마도 그의 영화가 인간이라는 존재를 지극히 현실적으로 그리고 있기 때문이리라. 미워하고 싶어도 미워할 수 없는 사람들, 잘못하고 있는 걸 알고 있으면서도 같은 잘못을 반복하는 사람들, 제각기 자신만 아는 상처를 품고 있지만 그럼에도 계속해서 걸어가는 사람들, 즉 '우리'를 말이다.

고백하자면, 그의 영화 〈걸어도 걸어도〉를 세 번이나 봤는데 모두 졸았다. 단 한 번도 초반 10분을 넘기지 못했다. 낮잠을 실컷 자버려 잠이 오지 않던 어느 밤, 이 영화를 보면 잠이 오겠지 싶어 네 번째로 틀었다. 네 번째 시도 만에 나는 영화를 끝까지 보는 데 성공했다.

엄마에게서 버림받은 사남매의 이야기를 그린 〈아무도 모른다〉부터 〈걸어도 걸어도〉와 〈공기인형〉, 〈그렇게 아버지가 된다〉와 〈바닷마을 다이어리〉에 이르기까지, 고레에다의 영화는 호불호가 갈릴 만하다. 일단 그의 페이스를 받아들이지 못하는 사람(ex.내 남편)에게 그의 영화는 거의 고문에 가까울지도 모른다. 자녀 유기, 아들의 죽음, 뒤바뀐 아이, 불륜으로 태어난 여동생 등 자극적인 소재를 한 발짝 떨어져서 바라보는 그의 영화는 다큐멘터리라고 해도 좋을 정도로 느리고 단조롭게 흘러가기 때문이다.

그런데 요즘 들어 그의 영화를 받아들이는 나의 느낌이 서서히 달라지고 있다. 아마 〈바닷마을 다이어리〉를 본 다음부터였을 것이다. 이어서 〈걸어도 걸어도〉를 끝까지 봐내고(장하다!), 이 글을 쓰기 위해 다시 한 번 본 다음부터 그의 호흡을 나도 그럭저럭 따라갈 수 있게 되었다. 단조롭고 지루해 보이는 그의 영화 안에 얼마나 많은 것들이 숨겨져 있는지를 이제야 깨닫게 된 것이다.

가끔 여자 친구들과 그런 이야기를 한다.

중국에는 모수족이라는 모계 부족이 있대. 그들은 여자들끼리만 가족을 이루는데, 남자와의 연애는 자유래. 밤은 함께 보낼 수 있지만 동이 트기 전에는 남자가 창문을 통해 나가야 한대. 같이 살 수도 없지. 그러다 아이를 낳아도 아이 아버지가 누구인지는 아무 상관이 없는 거야. 엄마의 아이인 건 확실하니까. 심지어 첫 아이의 아버지와 둘째 아이의 아버지가 달라도 별문제가 안 된다는 거지. 딸은 어머니와 평생 함께 살지만 아들은 성인이 되면 집을 떠나 혼자 살아야 한대. 한족들은 모수족 남자들에게 불쌍하다고 말한대. 그러면 모수족 남자들은 전혀 그렇지 않다고, 이게 남자의 본성에는 더 맞는 방식이라고 답한다는 거야. 정말 근사하지 않아? 이 여자들은 함께 도와가며 농사를 짓는데, 딱 필요한 만큼만 일하고 그 이상은 일하지 않는대.

〈바닷마을 다이어리〉의 세 자매 사치, 요시노, 치카는 오래전 아버지가 바람을 피워 자신들을 버리고 엄마마저 홧김에 집을 나간 후, 바닷마을 가마쿠라에서 서로 의지하며 살아왔다. 그러던 어느 날, 아버지가 돌아가셨다는 소식을 듣고 장례식장에 찾아간 그들은 이복자매인

열다섯 살의 소녀 스즈를 만나게 된다. 아버지도, 친엄마도 죽고 아버지의 세 번째 부인인 새엄마와 살고 있는 스즈의 기죽은 모습에 마음이 아픈 사치는 문득 이런 말을 꺼낸다.

"스즈, 우리랑 같이 살래?"

셋에서 넷으로 늘어난 자매들의 바닷마을 다이어리를 지켜보다보면 모계 사회의 평화로운 풍경이 떠오른다. 하지만 이 네 자매에게도 남부럽지 않게 상처와 아픔이 많다. 부모 없는 집에서 동생들을 돌보느라 일찍 철이 들어야 했던 사치는 불륜을 저지른 아버지를 미워하면서도 자신 역시 남몰래 유부남과 사귀고 있다. 별 볼 일 없는 남자나 만나고 술을 좋아하며 단순한 둘째 요시노에게도 나름의 고민이 있다. 아버지의 사랑을 받아본 기억이 없는 셋째 치카나, 자신의 존재 자체가 모두에게 상처가 된다고 느끼는 어린 스즈도 마찬가지로 아프다. 그럼에도 이들은 상처에서 등돌리지 않고 그 상처를 껴안으며 꿋꿋하게 하루하루를 살아나간다. '함께' 매실나무에서 과일을 따고, '함께' 해변을 산책하고, '함께' 음식을 만들어 나누어 먹고, '함께' 서로의 손톱과 발톱에 매니큐어를 칠해주면서.

깨끗한 시냇물에 푹 담갔다 꺼낸 것처럼 촉촉한 막내 스즈를 보는 것은 이 영화에서 가장 즐거운 부분이다. 개성과 매력이 저마다 다른 네 자매의 조합도 훌륭하고, 낡았지만 포근하고 오래된 집에서 살아가는 일상도 아름답다. 이 영화를 보고 나면 어쩐지 나 역시 조금 더 밝게 살 수 있을 것 같은 기분이 든다.

그에 비하면 〈걸어도 걸어도〉는 내가 세 번이나 졸아서 하는 얘기가 아니라 도무지 어떤 식으로 흘러갈지 알 수 없어 불안하다. 여름날 부모님 집에 모인 가족들의 모습은 얼핏 평범해 보인다. 어머니는 자식들을 위해 끊임없이 음식을 만들고, 다 늙은 자식들을 여전히 어린아이 취급한다. 아버지는 가족의 언저리를 맴돌다가 가끔씩 나타나 어깃장을 놓는다. 아들은 집에 와봤자 불편하고 할 말도 없다며 빨리 떠날 생각이나 하고, 딸은 어떻게든 부모 곁에서 도움을 받을 수 있을까 눈치를 본다.

영화는 조금씩 그들이 숨긴 비밀스러운 상처들을 끄집어낸다. 잔치라도 벌어지는 것 같지만, 사실 이 집 가족들은 큰아들의 기일을 맞아 모였다. 10년 전 큰아들 준페이는 바다에 빠진 소년을 구하려다 익사했다. 늘 형과 비교당한 상처가 컸던 둘째 아들 료타는 아버지 근처에도 가지 않으려 한다. 그는 아이가 딸린 미망인과 결혼했고, 심지어 실직 중인데 부모님께는 그 사실을 숨기고 있다. 어머니는 무심한 듯 가시 돋친 말을 던져 며느리의 마음을 상하게 하고, 며느리는 부모님 앞에서 싹싹하게 굴다가도 방에서 끝내 분통을 터뜨린다. 이들은 옛 추억을 이야기하면서 가끔씩 웃음 짓기도 한다. 하지만 좋은 시간은 오래가지 않는다. 이들 사이에 흐르는 것은 가족 간의 정이라기보다는 팽팽한 긴장감이다.

어쩐지 이 모든 것이 나의 가족의 이야기인 것만 같아 뜨끔하고 또 쓸쓸해진다. 아이들이 다 자란 가족은 결국 추억 말고는 나눌 게 없는 사이인 걸까? 그렇지만 사실 이런 가족이야말로 지극히 평범한 가족이 아닐까. 부모는 자식을 못마땅해하지만 그럼에도 그들이 찾아와주기를, 더 오래 머물러주기를 기대한다. 뭐든 다 해줄 것처럼 굴다가도 자식들이 부모의 은밀한 영역까지 침범하지 않기를 바란다. 자식들은 부모를 미워하고 한심해하고 지겨워하면서도, 부모를 향한 연민의 마음을 떨치지 못한다.

어머니는 자식을 잃는 이루 말할 수 없는 고통을 겪었다. 그러나 그녀는 인간이다. 그래서 그녀는 불행하고 가여운 존재이면서, 독하고 무서운 존재이기도 하다. 며느리에게 상처 주는 말을 아무렇지 않게 하고, 큰아들이 구한 청년을 아들의 기일마다 집으로 불러 대접하면서 무거운 부담을 준다. 심지어 그 옛날 남편이 바람난 여자와 함께 부르던 노래를 추억의 노래라며 자식들과 함께 듣기도 한다. 결국 감독은 이 좁은 집 안에서의 하루 동안에 가족이 무엇인지, 인생이 무엇인지, 인간이 어떤 존재인지에 대한 실마리를 잔뜩 숨겨놓고 있는 것이다.

가만 보면 사람들은 모두 악하다. 그러나 그 악을 잘 억누르고 살아가고 있다는 면에서, 사람들은 모두 위대하고 또 선하다. 인간은 그렇게 다층적인 존재다. 그런 존재들이 모인 가족이라는 공동체 안에서 사람들은 서로에게 실망하고 상처를 주고 더 큰 상처로 되갚는다. 그럼에도 그것이 가족이다. 그것이 평범한 가족의 모습이다.

〈걸어도 걸어도〉의 마지막 장면은 이렇다. 부모가 죽고 무덤을 찾은 아들 부부는 자식들의 손을 잡고 있다. 이제 그들은 부모에게서 들은 이야기를 자신의 아이들에게 들려줄 것이다. 그들이 벗어나려 했던, 미워했던, 연민했던 부모의 모습을 점점 닮아갈 것이다. 자신들 역시 거기에서 벗어날 수 없다는 것을 깨달으면서 그들의 삶은 서서히 저물 것이다.

영화 속 '블루 라이트 요코하마(1968년에 일본 여가수 이시다 아유미가 발표한 노래)'의 가사처럼, 걸어도 걸어도 우리는 작은 배처럼 흔들린다. 살아도 살아도 인생이 무엇인지 알지 못한다. 우리가 할 수 있는 것은 그저 걷는 것뿐이다. 그저 걷는 것 말고는 할 수 있는 일이 없다. 그것은 어쩐지 쓸쓸하고 서늘하게 느껴지기도 하지만, 〈바닷마을 다이어리〉의 주인공들을 떠올려본다면 꼭 그런 것만도 아닌 것 같다. 상처를 파묻지 않고 끌어안으면서도, 인생의 어둠을 외면하지 않고도 따뜻하고 밝게 살아갈 수 있다.

고레에다 히로카즈의 다른 영화들이 그렇듯 〈바닷마을 다이어리〉에도 죽음이 등장한다. 그것도 세 번이나. 처음은 아버지의 장례식, 두 번째는 외할머니의 기일, 마지막으로 그들이 좋아하던 식당 아주머니의 갑작스러운 죽음까지. 죽은 이들은 네 자매에게 그림자를 드리우기도 하지만, 동시에 이들을 보살펴주는 것 같기도 하다. 이제야 알겠다. 이 영화가 그렇게 따뜻하게 느껴진 이유는 바로 죽음 때문이라는 것을. 다행이다. 인생에 삶만이 있지 않아서. 죽음이 함께 있어서.

이제 나는 〈걸어도 걸어도〉를 보며 통곡하는 중년이 되었다.(벌써 세 번은 더 본 것 같다.) 나이가 들면 전에는 보이지 않던 것들이 보이고, 들리지 않던 것들이 들리고, 느끼지 못했던 것들을 느낄 수 있게 되나보다. 얼굴 주름만 늘어나는 것이 아니라 뇌의 주름도 늘어나는 걸까? 아무튼 정말 다행이다.

고레에다 히로카즈 감독, 〈바닷마을 다이어리〉
고레에다 히로카즈 감독, 〈걸어도 걸어도〉

중년의 각오

2015년과 2016년, 나는 책을 한 권씩 냈고, 그 덕에 내게도 많지는 않지만 고등학생부터 노년층까지 다양한 나이대의 '독자'라는 분들이 생겼다. 그들 중에는 신기하게도 마흔을 훌쩍 넘긴 중년의 여성들이 꽤 있다. 어떤 분들은 내게 개인적으로 메시지를 보내 심적인 허무함과 어려움을 토로하기도 했다.

솔직히 그런 이야기를 들으면 어찌할 바를 모르겠다. 나도 더이상 젊다고는 볼 수 없는 나이다. 하지만 다가올 마흔 이후의 삶은 내게는 미지의 세계다. 아직 그 나이를 살아보지도 못한 내가 어떻게 그분들을 이해하겠는가. 2년 전의 나와도 괴리감을 느끼는 마당에. 30대 중반에 상상했던 30대 후반의 삶은 상상과는 다르고, 지금 와서 30대 초반에 쓴 글을 읽으면 그 서투름과 치졸함에 얼굴이 화끈거릴 정도다. 그런 내가 뭐라고 조언 같은 걸 해주겠는가. 그저 대충 이렇지 않을까 상상이나 할 뿐.

나 자신은 그분들께 해드릴 말씀이 없지만, 좋은 영화 한 편은 추천해드릴 수 있다. 이자벨 위페르가 출연하고 미아 한센 뢰베라는 젊은 여성 감독이 만든 프랑스 영화 〈다가오는 것들〉이다. 얼마 전 불문학자 황현산 선생님의 강연에서 알게 된 영화인데, 선생님은 이 영화를 요즘 인상 깊게 보았다고 했다. 자신은 작은 파라다이스가 있는 이야기를 좋아하며, 이 영화에는 그런 파라다이스가 등장한다고도 덧붙였다.

영화는 주인공 나탈리의 가족이 배를 타고 해안의 별장으로 떠나는 장면과 함께 시작한다. 다른 가족들이 갑판에서 경치를 구경하는 동안 나탈리는 홀로 선실에 앉아 노트에 필기를 하고 있다. 아마도 수업 준비를 하는 모양이다. 글씨가 빼곡한 노트에 그녀는 이렇게 적는다.

"타인의 입장을 이해하는 것은 가능한가."

나탈리는 중년의 철학 교사다. 그녀에게는 같은 일을 하는 남편과 다 자란 두 자녀가 있다. 학교에서 그녀는 존경받는 교사, 적어도 자신이 좋아하고 또 잘할 수 있는 일을 한다는 자부심이 있는 교사다. 그녀가 사는 쾌적하고 아름다운 아파트는 철학 책들로 가득 차 있다. 우아한 인생처럼 보인다.

하지만 그녀에게도 골칫거리는 있다. 나탈리의 노모는 매일 딸에게 전화해, 죽을 것 같다거나 곧 죽을 거라고 징징댄다. 남편에게 버림받은 상처를 평생 간직하며 자신의 '늙음'을 받아들이지 못하는 어머니는 하나밖에 없는 딸에게 매달리고, 나탈리는 그런 어머니 때문에 괴롭다.

그녀는 새벽에 어머니의 전화를 받으며 잠이 깨고, 가족들이 깰까봐 어두운 부엌에서 불도 켜지 못한 채 앉아 손으로 식탁 위를 더듬어가며 아침을 먹는다. 붐비는 전철에서 『급진적인 패배자』라는 철학책을 읽으며 출근하고, 학교에 가서는 교문을 봉쇄하고 연금 개혁 반대 시위를 하는 학생들에게 내 수업을 방해하지 말라고 했다가 자신밖에 모른다는 소리나 듣는다. 여자로서, 아내로서, 엄마로서, 딸로서, 교사로서, 사회 구성원으로서 살아가는 삶은 결코 녹록지 않다. 그런데 어느 날 나탈리의 남편이 여자가 생겼다는 폭탄선언을 한다. 일을 하고 가족들을 건사하느라 멍때릴 짬조차 없던 나탈리는 충격을 받는다.

그녀의 삶에 문제들은 살금살금 '다가오는 것들'이다. 평생 자신만을 사랑할 것 같던 남편이지만, 또 반대로 언젠가는 이런 일이 일어날 거라는 예감도 하고 있었다. 어머니는 언제나 정서가 불안하고 의존적이었고, 그녀는 어머니를 돌보는 동시에 어머니에게 진저리를 쳤다. 결국 그토록 가기 싫어하던 요양원에 보낸 어머니는 곧 돌아가시고 만다. 어머니의 장례식 후 초대를 받아 찾아간 제자의 산속 공동체, 젊고 혈기왕성한 철학도들 사이에서 나탈리는 소외감을 느낀다. 세상이 점점 더 나빠지고 있다며 심각한 표정을 짓는 젊은이들 앞에서 나탈리는 변명이라도 하듯 자신은 급진적이기에는 너무 늙었고, 혁명을 꿈꾸는 일 같은 건 젊었을 때 다 해봤다고 말한다. 제자는 그녀에게 행동하지도, 변하지도 않는다며 날 선 비난을 퍼붓는다. 의기소침해진 그녀는 침대 위에 누워 조금 울지만 곧 다시 일상으로 돌아온다.

나탈리의 인생에 다가온 모든 문제들은 실은 중년의

나이라면 누구에게나 일어날 법한 일들이다. 남편에게서 배신당하고, 엄마는 죽고, 아이들은 품을 떠났으며, 교사로서 젊은 세대와 그들이 주도하는 세상에서는 뒤처지는 것만 같다. 그럼에도 그녀는 괜찮아 보인다. 그녀는 문제들을 과장하지도, 축소하지도 않는다. 달아나지도, 맞서 싸우려 하지도 않는다. 순간순간 고통을 느끼지만 다가오는 문제들을 하나씩 처리해나가면서 지금껏 살아온 방식대로 담담히 살아나간다. 마치 물이 흐르는 것처럼.

그것은 그녀가 말하듯이, 철학을 사랑하며 지적으로 충만한 삶을 살고 있기에 가능한 것인지도 모른다. 그녀에게는 가족도 있고 직업도 있고 친구도 있지만, 동시에 누구도 침범할 수 없는 그녀만의 내밀한 삶이 있다. 앞서 말한 강연에서, 황현산 선생님 역시 자신에게는 죽을 때까지 난삽한 프랑스 시에 주석을 달아야 한다는 연구자로서의 소명이 있다고 했다. 그 소명 덕분에 이런저런 마음 부대끼는 일들에서 남들보다 조금은 초연해질 수 있는 것 같다고 말하기도 했다.

나는 이 영화를 보면서 마음이 정화되는 것 같은 느낌을 받았지만, 실은 내가 나탈리의 제자 파비엥처럼 혈

기왕성한 나이일 때는 이런 심심한 영화를 보며 좋아하고 있을 줄은 상상조차 못했다. 그 당시 내게 마음의 정화라는 것은 술을 잔뜩 마시고 한강 다리 위를 걷거나, 인도의 지저분한 기차 안에서 누더기 같은 옷을 입고 널브러져 있는 일 같은 것들이었다. 모든 건 행동과 연관되어 있었다. 나는 자극적인 것을 원했다. 세상은 썩었고 사람들은 다 나쁜 놈들이며 나는 늘 화가 나 있었다.

영화 속에서 나탈리와 제자 파비엥은 한 권의 책에 대해 이야기한다. 파비엥은 그 책이 다 아는 얘기를 하고 있어 별로였다고 말한다. 하지만 나탈리는 그렇게 생각하지 않는다고 덧붙인다. 어쩌면 그것이 젊은이와 나이 든 이가 다른 점인지도 모르겠다. 언젠가는 작가 레이먼드 카버가 썼듯, '모두가 알고 있지만 아무도 말하지 않는 것'에 대한 이야기를 듣고 싶어지는 나이가 온다. 또는, 다 아는 이야기의 행간에 숨어 있는 의미를 읽을 수 있게 되거나, 머리로 이해하는 것이 아니라 마음으로 받아들일 수 있게 되는 나이가 온다. 그 나이가 되면 이해할 수 없는 일들이 조금씩 줄어든다. 이해할 수 없다고 해도 뭘 어쩌겠느냐고 어깨를 으쓱하며 넘어갈 수도 있게 된다.

영화 초반 나탈리가 노트에 적은 대로 남의 입장을 이

해한다는 건 쉽지도 않고 어쩌면 불가능할 수 있다. 그럼에도 그런 것에 크게 구애받지 않고 살아갈 수 있다. 나는 그것이 나이 드는 일의 가장 멋진 점이 아닐까 생각한다.

나도 이제 마흔이다. 한국 나이로 그렇다. 만으로 따진다면 서른여덟. 구차하니 그냥 마흔이라고 치자. 인간의 기대 수명을 80년 정도로 잡을 때, 40년이면 벌써 절반이나 산 것이다. 내가 40년이나 살 줄은 나도 몰랐다. 생각해보시길. 40년이라는 세월은 결코 짧은 시간이 아니다. 그동안 인간이 태어나서 해볼 만한 일은 웬만하면 다 해봤다. 어린 시절에는 신나게 놀았고 학창 시절에는 공부도 했고 대학에도 갔고 직장에도 다녀봤다. 술도 마시고 담배도 태우고 춤도 춰봤다. 여행도 하고 연애도 했다. 누군가에게 상처를 주었고 또 상처를 받기도 했다. 결혼도 했고 애도 둘이나 낳았다. 세상에는 40년도 채 살지 못한 사람들이 많다. 40년이나 살면서 이 많은 걸 다 해봤다니 나는 참 복이 많은 사람이다.

그러니 앞으로의 인생은 그저 덤이라고 생각하련다. 40년이나 살았으면 살 만큼 살았으니 지금부터는 언제 어떻게 돼도 이상할 게 없다고 생각하면서, 남은 인생은 천천히 걸어가고 싶다. 아등바등하지 않고 노심초사하지 않고 남과 비교하지도 않고 세상의 잣대에 크게 연연하지도 않으면서, 그저 내가 좋아하는 일을 하고, 좋아하는 사람들과 어울려 즐거운 시간을 보내다 가고 싶다. 마치 〈다가오는 것들〉의 나탈리처럼. 그게 다가올 나의 중년에 대한 각오다.

이 글은 개정판을 낼 때 새로 추가한 것으로 기억한다. 그러니 시기적으로 가장 나중에 쓰인 글이다. 나 스스로는 다른 글들을 읽을 때와는 다른 느낌을 받았는데, 독자들은 어떠실지 궁금하다.

미아 한센 뢰베 감독, 〈다가오는 것들〉

다들 잘 늙어봅시다. 화이팅.

에필로그

책을 쓰면서 이미 여러 번 본 영화 〈안경〉을 한 번 더 봤다. 이 작품을 무척 좋아해서 DVD도 가지고 있는데, 집안에 우환이 생기고 일신상에 변화가 생길 때마다 한 번씩 꺼내어 본다. 휴대전화도 터지지 않는 섬으로 여행을 온 한 여자가 코딱지만 한 간판을 단 여관에 머물며 특이하고 느긋한 사람들을 만난다는 것이 영화의 줄거리다. 보고 나면 왠지 기분이 좋아진다. 세상은 아름답고, 만사가 잘 풀릴 것 같고, 아등바등하는 내 꼴이 우습고, 그냥 흘러가는 대로 살면 될 것 같은 안도감이 들어서다.

하지만 동시에 이 영화는 나를 불편하게 한다. 영화 전체에 깔린 대책 없는 낭만주의와 이상주의 때문이다. 모든 사람이 아름다운 해변에서 공짜 팥빙수를 먹고 만

돌린이나 튕기고 사색이나 하면서 살 수 있을까? 나라면 아마 사흘째쯤 되는 날에 이러다 굶어 죽을지도 모른다는 불안감에 휩싸여 마구 히스테리를 부리다가 섬에서 탈출하겠지.

그래서인지 감독 오기가미 나오코도 이런 대사들을 집어넣었다.

"여행은 충동적이지만 영원히 지속될 수는 없다."

맞다. 그들이 이렇게 유유자적하며 베짱이처럼 살 수 있는 것도 벚꽃처럼 짧게 피었다 지는 봄 한철뿐이다. 나머지 인생은 다음해 봄을 기다리는 시간이다. 사는 건 원래 낭만적이지도, 멋지지도, 근사하지도 않으니까.

글을 쓰다보면 처음에 의도했던 것과는 전혀 다른 출구로 나올 때가 많다. 원래 나는 'A라고 생각하는' 사람이었는데 다 쓸 때쯤엔 'B라고 생각하는' 사람이 되는 것이다. 어쩌면 내가 'A라고 생각하는' 사람이라고 믿었는데, 쓰다보니 의심스러워지기 시작하고, 그래서 자신을 설득하려다보면 어느새 'B라고 생각하는' 사람이라는 것을 깨닫게 되는 과정이 글쓰기인지도 모르겠다.

예전에 보았던 책과 영화를 글로 쓰기 위해 다시 보면서도 같은 경험을 했다. 전에는 기억에 강렬하게 남았던 부분이 지금은 그렇지 않은 경우도 있었고, 오히려 전에는 신경 안 쓰고 넘겼던 부분이 가슴에 와서 콕 박히기도 했다.

〈안경〉을 다시 보았을 때는 이 장면이 특히 마음에 와 닿았다. 부엌에서 할머니 사쿠라가 팥을 삶고 있다. 타에코는 가만히 서서 조용히 팥 냄비를 지켜만 보는 사쿠라를 신기하다는 듯 바라본다. 그때 사쿠라가 말한다.

"중요한 건 조급해하지 않는 것."

그리고 가스레인지 불을 끈 후 덧붙인다.

"초조해하지 않으면 언젠간 반드시."

마음은 늘 조급하다. 이루고 싶었던 것, 되고 싶었던 것, 하고 싶었던 것, 해야 하는 것들로 잠시도 쉬지 못한다. 무언가를 시작하면 시작과 동시에 결과가 나와야 한다.

동네 뒷골목에 눈에 잘 띄지도 않는 간판을 단 작은 카페를 차려 놓고 손님이 없는 게 당연한 이 시점에 아무도 안 온다고 초조해하는 것. 내가 무슨 짓을 저지른 걸까 머리를 쥐어뜯으며 고민하는 것. 이미 일을 하나 벌여놓고 또 벌이지 못해 안달하는 것. 이렇게 내 인생이 허망하게 끝나는 건 아닐까 전전긍긍하는 것. 사쿠라 할머니의 말은 이 모든 것들로 인해 머리가 터질 지경인 나에게 건네는 조언처럼 느껴진다.

중요한 건 조급해하지 않는 것. 초조해하지 않으면 언젠가는 꼭.

이 책에 실린 글들은《AROUND》매거진에 10여 년간 연재한 칼럼 중 초기의 것들을 추린 것이다. 신세 한탄에 팔자타령으로 가득한 이야기들을 매번 읽어주셔서 감사하다. 하얀 모니터와 깜빡이는 커서를 보고 있을 때면 망망대해에서 노를 젓는 사람처럼 막막하기만 했다. 하지만 누군가는 이 글을 읽고 있을 거라는 희미한 믿음을 언제나 잃지 않았다. 가끔 포털 사이트에 실린 칼럼에 응원의 답글이 수평선 저 멀리 다른 곳으로 향해 중인 배처럼 불빛을 반짝이며 나타날 때면, 막 사랑에 빠진 사람처럼 가슴이 설레기도 했다.

내가 글을 쓰는 이유는 돈을 벌기 위해서이기도 하지만, 사실 그보다 더 큰 이유는 사람들에게 말을 걸고 싶어서다. 세상에는 당신들만큼이나 외롭고, 종종 자괴감에 빠지고, 늘 혼란스러워하고, 시기심과 분노와 불안으로 괴로워하는 사람이 하나 더 있다는 사실을 알려주고 싶어서다. 내가 쓴 글이 최소한 사람들의 힘 빠진 손목을 슬쩍 잡았다 놓는 역할을 할 수도 있지 않을까 해서다. 온기는 금세 사라지겠지만, 온기에 대한 기억은 오래 남을 수 있으니까. 수많은 책과 영화를 보면서 느낀, 지금까지 나를 힘내어 살아갈 수 있게 해주었던 그 온기들 말이다.

위의 에필로그는 2017년에 나온 1차 개정판 때 쓴 것이다. 지금은 딱히 마음에 들지 않지만, 어쨌든 1차 개정판의 소중한 독자들을 위해 그대로 둔다.

2차 개정판을 내기 위해 원고를 수정하면서 경악했는데, 고칠 것이 너무 많아서였다. 아니 대체 왜 이렇게 썼지? 문장이 왜 이렇게 어수선하지? 이러면 이렇다, 저러면 저렇다고 말할 것이지, 왜 '~인 것 같다' '~가 아닐까'라고 썼을까? '나는' 이라고 하면 될 것을, 왜 '우리는' 이라고 했을까? 고래에다 히로카즈의 영화가 호불호가 갈릴 영화라고? 이거 정말 바보 아니냐? 대체 어떻게 이런 책을 낼 생각을 했을까? 뻔뻔하다, 뻔뻔해.(안티의 마음을 이해합니다….)

이렇게 스스로에게 어이없어하고, 스스로를 비웃으면서 고치는 와중에 어느 순간 내 과사(과거 사진)를 포샵(포토샵 수정)하는 기분이 들었다. 어어, 그건 아니지. 못생긴 것은 못생긴 대로, 촌스러운 것은 촌스러운 대로 두어야지. 과거는 과거로 남겨두어야지.

그래서 마음에 들지 않는 부분도, 부족한 부분도 눈물을 삼키며 그대로 두었다. 고친 것은 어수선한 문장들뿐이다. 이제는 30평형대 아파트에 살고, 풀타임으로 직장에 다니며, 청소년기의 아이들을 둔 중년의 40대 여자인 나는 이 책이 나오던 때의 나와 같은 나지만, 많은 부분에서 달라진 나이기도 하다. 그래서 원고를 고치면서 책 속의 영화들을 다시 보고 싶은 호기심이 생겼다. 다시 보면 어떤 느낌일까? 다시 봐도 같은 생각이 들까?

아무튼 한 번 낸 책을 개정판으로 또 내고, 그 책이 오래오래 은은하게 사랑받아서 또 한 번 더 개정판을 낼 수 있다는 것은 엄청난 행운이라는 것을 안다. 나에게 왜 이렇게 큰 행운이 찾아왔는지 나도 잘 모르겠다. 아무리 살아도 알 수 없는 인생, 앞으로 또 어떤 일이 생길까 기대하고 걱정하면서 곱게, 아니, 그냥 늙어보겠습니다. 다들 잘 늙어봅시다. 화이팅.

이 책에 소개된 책과 영화(ㄱㄴㄷ순)

책_

영화_

오늘도 우리는
나선으로 걷는다

2023년 12월 11일 개정판1쇄 발행

지은이 한수희
펴낸이 김보희
펴낸곳 터틀넥프레스
등록 제2023-000022호(2023년 2월 9일)
주소 서울시 영등포구 도영로2-5 101-204

홈페이지 turtleneckpress.com
전자우편 hello@turtleneckpress.com
인스타그램 instagram.com/turtleneck_press

디자인 스튜디오 고민
교정도움 남현솔
제작 제이오
물류 우진물류

ISBN 979-11-983409-1-7 (03810)